U0094168

SKYLINE
天 际 线

望远 知新

大卫·爱登堡
自然行记

Adventures of
a Young Naturalist

丛林飞行

Zoo Quest to Guyana

[英国] 大卫·爱登堡 著

李想 译　张劲硕 审校

译林出版社

图书在版编目 (CIP) 数据

大卫·爱登堡自然行记. 丛林飞行 / (英) 大卫·爱登堡 (David Attenborough) 著；李想译. —南京：译林出版社, 2021.11
("天际线"丛书)
书名原文：Adventures of a Young Naturalist:
Zoo Quest to Guyana
ISBN 978-7-5447-8821-2

I.①大… II.①大… ②李… III.①游记 – 作品集 –
英国 – 现代 IV.①I561.65

中国版本图书馆 CIP 数据核字 (2021) 第 174845 号

著作权合同登记号　图字：10-2018-023 号

大卫·爱登堡自然行记：丛林飞行
[英国] 大卫·爱登堡 / 著 李 想 / 译 张劲硕 / 审校

责任编辑　杨雅婷
装帧设计　韦　枫
校　对　戴小娥
责任印制　董　虎

原文出版　Two Roads, 2017
出版发行　译林出版社
地　址　南京市湖南路 1 号 A 楼
邮　箱　yilin@yilin.com
网　址　www.yilin.com
市场热线　025-86633278
排　版　南京展望文化发展有限公司
印　刷　苏州市越洋印刷有限公司
开　本　850 毫米 × 1092 毫米　1/32
印　张　6.875
插　页　4
版　次　2021 年 11 月第 1 版
印　次　2021 年 11 月第 1 次印刷
书　号　ISBN 978-7-5447-8821-2
定　价　168.00 元（全 3 册）

版权所有 · 侵权必究
译林版图书若有印装错误可向出版社调换。质量热线：025-83658316

大卫·爱登堡

David Attenborough

摄影：Ruth Peacey

序　言

　　近些年来，动物园早已不再派遣动物采集员前往世界各地猎捕野生动物，然后想方设法把它们带回动物园向公众展示。这样的理念非常正确。如今，自然界正承受着前所未有的压力，然而这些压力并非来自它那些最美丽、最具魅力、最稀有的"居民"的掠夺。现在动物园里绝大多数具有超高人气的动物——狮子、老虎、长颈鹿和犀牛，甚至包括狐猴和大猩猩——不仅可以在动物园里实现繁殖，而且能通过谱系簿追溯亲缘关系，这样就可以避免它们在国际交流中出现近亲繁殖的麻烦。在让游客感受自然的华美壮丽，以及向他们阐释保护动物的重要性和复杂性的过程中，这些在动物园里出生的动物扮演着至关重要的角色。

然而，情况并非一贯如此。1828年，几位有着科学思维的先驱创办了伦敦动物园，那时他们认为编纂一份汇集世界上所有现生物种的目录，是一项非常重要但几乎无法完成的工作。一些已经死亡的动物的标本从世界各地寄到这里。有些动物抵达时还是活的，这些动物就被饲养在摄政公园的社会花园里向公众展示。不过这两类动物最终都会被做成解剖标本，精心地保存下来，供科研人员做更深入的研究。动物园愿意把更多的精力花费在寻找其他动物园所没有的动物上，这一点毋庸置疑。20世纪50年代，当我带着一份新颖的电视节目策划方案去拜访伦敦动物园的一位主管时，我感到在某种程度上，广泛收集各种动物的野心仍然深深镌刻在他们的骨髓里。

那时电视产业与现在相比相形见绌。整个英国只有一套由BBC（英国广播公司）制作的电视网，仅供伦敦和伯明翰两地的居民收看。当时所有的电视节目都是在伦敦北部亚历山德拉宫里的两个小演播室中制作完成的。1936年，这两个有着同样的摄影器材，几乎一模一样的演播室，成为世界上最早的能定期提供电视服务的场所。由于第二次世界大战爆发，电视信号传输在1939年被迫中断，直到1945年宣布和平后才得以恢复。1952年，我参加了工作，当时我是一个实习制片人。那时英国的电视行业才刚刚起步，统共也只有十余年的制作经验。

当时所有的电视节目差不多都是现场直播。由于电子记录技术直到数十年后才出现，所以对于我们制片人来说，在演播室里增补电视画面的唯一方法，就是放映提前拍好的影片。这种方法的费用非常高昂，我们很少能支付得起。然而，这并不是什么坏事。恰恰相反，无论是观众还是制片人都认为"即时性"是电视媒体最大的魅力。荧幕上呈现的事件都是在观众观看时发生的。如果一个演员忘词了，收看节目的人都会听到为他提词的声音。如果一个政客在节目中没能控制住自己的脾气，那么所有人都能通过荧幕看到他到底做了些什么，他没有机会改变自己的主意，更不能坚持要求删除那些不谨慎的言语。

当我第一次提出拍摄关于动物的电视节目时，事实上这种类型的节目早就已经出现在电视台的节目单之中。伦敦动物园园长乔治·坎斯代尔设计了一套这样的节目。每周，他会从摄政公园带一些大小合适、性格温顺、能听从他指令的动物来到亚历山德拉宫的演播室，把它们放置在铺了门垫的展示台上。动物们端坐着，在演播室的强光灯下眨着眼睛，坎斯代尔先生则向观众介绍它们的解剖学结构、它们的勇猛，以及它们在群体生活中展现的技巧。他是一位博物学方面的专家，非常擅长驯化动物，能让动物们乖乖地听他的话。当然，并不是所有的事情都能如他所愿，这也是他受欢迎的一部分原因。这些小动物经常会在门垫上休息，如果幸运的话，也会在他的裤子上打个盹。它们偶尔也会逃跑，这时潜伏在展示台两侧的穿着制服的动物饲养员便会将它们截住，阻止它们的"跑路计划"。一次，一只年幼的非洲松鼠就从展示台跳到了麦克风上，然后悬挂在镜头正上方的吊臂上。它借助摄影器材，蹦蹦跳跳地逃离了演播室，最后在演播室的通风系统中找到了一个舒适的"避难所"。它在那里住了好多天，偶尔会在那个演播室后来播放的戏剧、综艺节目和节目收场白中客串一把。节目中总有一些令人记忆犹新的时刻，比如有一只动物咬了坎斯代尔先生一口。当然，也有一些记忆不能被遗忘——他在展示像蛇这样的极其危险的生物时，整个国家都为他屏住了呼吸。

紧接着，在1953年又出现了一种新型的动物类节目。比利时探险家、影片导演阿曼德·丹尼斯和他富有魅力的英国籍妻子米夏埃拉一起从肯尼亚来到伦敦，带来了一部为电影院制作的长篇纪录片《撒哈拉沙漠以南的非洲》。后来，他们用纪录片中一些没有使用到的镜头，为电视台制作了一部时长约半个小时的节目。节目中展示了大象、狮子、长颈鹿，以及东非平原其他一些著名且壮观的大型食草动物。这档节目播出后引起了极大的轰动。对绝大多数观众来说，这是他们第一次见到这些动物的生活影像。尽管画面不是直播，不会出现坎斯代尔先生节目里的那些令人激动且难以预测的意外，它却能让观众们真正了解到，这些动物如果生活在适宜的环境里，它们会是多么宏伟壮观，多么令人着迷。

鉴于这档新型的动物节目在观众中引发了强烈反响，电视台的策划人员立刻找到丹尼斯夫妇，希望他们能提供更多的同类型节目。丹尼斯夫妇多年来一直在非洲拍摄纪录片，拥有一个大型的野生动物影像资料库，那么为什么不制作一个系列节目，这样每周都能播放？他们觉得电视台工作人员的提议非常具有可行性，无须后者劝说，他们便创作了第一部《游猎》系列。

至于我，一个二十六岁的刚踏入电视制片行业的初学者，仅仅有两年的广播经验，还有一个从未利用过的动物学学位，却急于制作一部自己的动物纪录片。但是在我看来，以上两种节目形式有利亦有弊。坎斯代尔先生的节目中的动物，会在直播中发生一些不可预测的突发情况，这无疑让观众产生兴奋感，但由于动物一直待在演播室这种陌生的环境中，它们看上去往往会非常怪异。而另一方面，丹尼斯夫妇拍摄的动物虽然生活在自然环境中，看上去更适应环境，但是缺少那种在直播中才会出现的不可预料的"噱头"。因此，我尝试着说服我自己，如果能将这两种风格融合到一档节目中，不就可以同时展现出两者的优势了吗？作为一个实习制作人，我已经执导过音乐会、考古学知识问答赛、政治辩论和芭蕾舞表演。那时，我正着手设计制作一档关于"动物形状和图案的含义与目的"的节目。这个系列一共有三期，它们都是由当时最伟大的科学家之一——朱利安·赫胥黎爵士解说的。为此，我经常从坎斯代尔先生的伦敦动物园借来一些动物配合节目的拍摄。就在那时，我认识了伦敦动物园的两栖爬行动物主管杰克·莱斯特。

杰克从小就非常喜欢动物，但是由于缺乏正规的培训，他的第一份工作与动物没有一点关联，那时他在银行工作。可是，他很快就说服他的雇主将他派遣到西非的分公司，在那里他可以尽情地沉浸于自己的爱好——收集和饲养两栖爬行动物。第二次世界大战爆发后，杰克加入了皇家空军。战争结束后，他在英格兰西部的一家私人动物园找到了一份新工作。很快，他从那里来到了摄政公园，专门负责照料动物园收集的大量两栖爬行动物。他的办公室设在两栖爬行动物馆内的一个小房间里，和所有的展区一样，这里也会进行人工加热，让温度上升到热带地区那种令人窒息的程度；各种各样的笼子堆得到处都是，笼子里饲养着他本人非常喜欢的、不需要公开展示的一些动物——婴猴、巨型蜘蛛、变色龙和穴蟒。他为赫胥黎系列节目挑选的动物，对整个节目有着重要的帮助。我常常去他的办公室和他讨论，我们在一起还能拍出什么样的电视节目。我觉得我的计划也许能让他感兴趣，因为这个项目会让他前往他一直魂牵梦萦的西非——不过我要和他一起去。

我的策划非常容易理解。BBC 和伦敦动物园可以联合开展一场我们两人都能参与的"动物收集"之旅。我负责摄影，杰克负责寻找能让观众感兴趣的动物，然后将它们捕获。纪录片会以他手里抓着的动物的特写镜头结束。紧接着这个画面会慢慢地叠化成同一种动物的类似镜头，不过这次是演播室里的直播。随后杰克用坎斯代尔式的方法，介绍这种动物在结构和行为上非常有意思的方面。如果能在直播中发生一些不可避免的意外，例如动物逃跑或者主持人被咬伤，那就再好不过了。观众将通过纪录片中展示的场景，身临其境地感受在非洲搜寻和捕获动物的快感。

杰克认为这是一个很好的策划，但问题是那时动物园并不打算派员工去野外收集动物。BBC也不愿耗费如此多的物力、财力去拍摄一部专业性这么高的自然纪录片。或许，一场管理层级别的午宴就能解决这样的"小问题"。我们计划让动物园和BBC的老板来一场午宴，让他们误以为对方已经有了一个周全的计划。

这场午宴在动物园的餐厅如期举行。杰克和我则不断地提示和引导我们各自的老板。两位老板喝完咖啡后便高兴地离开了，他们都认为自己的公司会在对方的计划中受益匪浅。第二天，我们被分别告知这个计划即将启动，这着实让人倍感意外和惊喜。

我们决定前往热带雨林，对此各方都毫无异议。杰克曾经工作过的银行在塞拉利昂。他对那个国家及当地物种的情况非常了解，他还有许多朋友在那里，必要时他们可以给予我们很多帮助。然而我确信，如果想把这档电视节目做成功，探险活动至少应该有一个特别的目标——一种稀有而罕见的动物，因为伦敦动物园对这类在世界上其他动物园里不曾展示过的动物非常感兴趣。在野外探寻神奇、罕见、令人兴奋的动物，如此惊险刺激的过程也会让观众一直关注我们的节目，直到最后这种动物被我们找到。我们可以称这个系列节目为"探寻某种动物"……或者其他什么的。

现在有一个非常棘手的问题。在塞拉利昂，唯一一种能入

杰克"法眼"的动物，是一种名叫 *Picathartes gymnocephalus*[*]
的鸟类。然而在我看来，让一种拥有如此晦涩难懂的名字的
鸟来激发全英公众狂热的期待，貌似很难。能不能换一个
更有浪漫色彩的名字呢？"当然，没问题，"杰克热心地说
道，"它的英文名字是秃头岩鹛。"我想即使这样，似乎也不
会有多大的改观吧。但是，杰克非常坚定，表示绝不考虑其
他动物，最终白颈岩鹛成为我们这次探寻的终极目标。与
此同时，我决定将这个系列的纪录片简单地称为《动物园
探奇》。

目前，还有一个更麻烦的问题亟待解决。当时拍摄电视片
用的是 35 毫米宽的胶片，就是那时拍电影所使用的胶片。这
样一盘胶片和一只扁平的足球差不多大，与它配套使用的摄像
机就像一个小手提箱。正常情况下，需要两个人才能将这些器
材搬上三脚架。丹尼斯夫妇使用的设备更小巧一些，配套的胶
片只有 16 毫米宽，我想用他们那样的设备。

电视片制作部门的负责人对此非常生气，他说 16 毫米是
给业余的人用的，专业人士根本不会考虑它，它拍出的画面
非常模糊，他完全不能接受。他宁愿辞职，也不同意我们使
用如此低劣的设备。后来电视栏目部门负责人召集大家开会。

---

[*] 白颈岩鹛的学名。——译注

杰克·莱斯特在圭亚那握着一条巴西彩虹蚺

我简要地说明了一下情况。我解释说（虽然从未做过任何类似的事情，但依然理直气壮），如果不用更小巧、更方便操作的器材，就没有办法拍摄到大家想要的镜头。

最终，他们同意了我的要求，但部门负责人提出了附加条件。当时电视节目还都是黑白的。然而，我们使用的 16 毫米宽的胶片并不是黑白负片，它的正片是黑白的，负片却是彩色的。虽然它的灵敏度不如黑白胶片高，但是通过它转换的黑白画面还是有较高的分辨率。我欣然接受并赞成，在光线极其昏暗的环境里，我们会使用黑白负片进行拍摄。

然而问题又来了，BBC 竟然没有一个人愿意使用 16 毫米的设备。我不得不从外面为自己找一个摄像师。经过简单的咨询，我发现了一个和我同岁，刚从喜马拉雅回来的小伙子。他作为助理摄影师跟拍了寻找喜马拉雅雪人的探险活动（这次探险并不成功）。他叫查尔斯·拉古斯。我们相约去演播室附近的一家酒馆见面，电视台演职人员经常光顾那里。我们喝了点啤酒，聊得非常投机。他表示这个计划听上去非常有意思，第二杯酒下肚之后，他便欣然同意加入这个团队。杰克也招募了一位新成员——阿尔夫·伍兹，他是一位足智多谋且很有远见的首席动物饲养员，当时他掌管着伦敦动物园的鸟舍。这次他将负责照料在探险中捕捉到的动物。1954 年9 月，我们四个踏上了前往塞拉利昂的旅程。

在我们第一次前往塞拉利昂的旅途中，查尔斯·拉古斯拍摄一队蚂蚁

在塞拉利昂首都弗里敦休整几天后，我们出发前往热带雨林。查尔斯和我以前从没有来过这样的地方。这里实在是太昏暗了。他沮丧地拿出测光仪器。"唯一能让我们获得足够光照，拍出清晰彩色负片的方法，"他苦恼地说道，"就是砍掉一些树。"这真是一个沉重的打击。如果一直在热带雨林里拍摄，就必须使用备用的黑白胶片，然而我们并没有多少存货。

阿尔夫·伍兹（右）和杰克·莱斯特正在给白颈岩鹛雏鸟喂食

我们一直在考虑能不能说服杰克，让他把在雨林里捕捉到的动物放到光线充足的地方，然后再演示一次捕捉的情景，配合我们拍摄。没想到杰克很爽快地就同意了。囿于现有的条件，查尔斯和我决定放弃拍摄一些场景，与其费尽心思拍摄一群猴子在树枝上嬉戏跳跃，或者是藏在掩体里等待从阴暗处突然出现的害羞的森林羚羊，不如拍摄一些能拿到光线下的小型动物，如变色龙、蝎子、螳螂和马陆。

白颈岩鹛仍是我们这次探险最主要的目标。杰克随身带了一小幅白颈岩鹛的水彩画，这是艺术家根据博物馆标本创作的。无论走到哪里，杰克都会向当地人展示它，询问他们是否见过这种鸟。每个看到这幅画的人都感到非常困惑，但功夫不负有心人，最后我们还是找到了一位认出白颈岩鹛的村民。他说这种鸟就像燕子一样，会用泥巴筑巢，不过巢的体积比燕子的大很多。它们的巢穴建在巨大的卵形石头的侧面，这些石头一般掩埋在森林深处。把它们搬到光亮的地方几乎是不可能的事情。此外，我们也不打算尝试砍掉附近的树木来增加那里的亮度。我们使用了那些珍贵的高感光度黑白胶片，最终大获成功，拍到了鲜活生动的白颈岩鹛的画面，这是全世界第一次拍到这样的画面。

1954 年 12 月，该系列的第一期节目正式开播。杰克在演播室里做动物展示，而我则在导播室里控制摄像机并提示影片播放的顺序。非常不幸的是，节目播出的第二天，杰克因病重而突然倒下，被送进了医院。因为这个系列的节目还有现场直播，所以接下来的几周必须要有人顶替杰克的角色。电视台负责人将这个重任交给了我。"你是我们自己的员工，"他说，"所以没有额外的劳务费。"接下来的几周，我尽力做好本该属于杰克的工作，向观众们展示各种动物。我最好的摄影师朋友则坐在导播室里替我控制摄像机。

我们在节目中展示的非洲与丹尼斯夫妇影片中的大不一样。不论是筑造精妙的杯状巢的螺蠃，还是排成一排攻击蝎子的兵蚁，它们和那些东非的大型食草动物相比，在体型上简直不可同日而语。但是即使如此，查尔斯依然用他娴熟的拍摄技术，让这些小动物看起来极具戏剧性。这个系列节目吸引了大批的观众。我的老板非常高兴。

这个系列结束大约一个月后，杰克出院了，身体也差不多完全康复了。我和他再次聚到一起，并且决定，趁各自的老板现在还记得这档节目取得的巨大成功，我们要尽快向他们提议再拍一个系列。

我们说干就干。出乎我们意料的是，1955 年 3 月，也就是西非纪录片播出仅仅八周之后，我们便再次踏上探险的征程。这次目的地是南美洲的圭亚那，那时它还被称作英属圭亚那。

然而，我们刚刚抵达那里，杰克便旧疾复发，不得不飞回伦敦住院治疗。正因如此，我再一次顶替杰克的位置，成为一名临时的动物采集员。由于收集的动物越来越多，伦敦动物园的另一位首席饲养员随队负责照料它们。

当我们结束拍摄回到伦敦后，杰克仍然没有完全康复，这个系列仍由我在现场为观众介绍动物。这次节目同样取得了巨大的成功，所以我们提出第三次探险的建议。这回我们的目的地是印度尼西亚。世界上最大的蜥蜴——科莫多巨蜥是这次探险的主要目标。截至当时，还没有人在电视上见过这种庞然大物。杰克那时显然不适合长途跋涉，所以他督促我们赶紧出发，不要考虑他。于是我们出发了。当我们都不在伦敦时，他不幸早逝，年仅四十七岁。

圭亚那之行结束后，我便开始记录旅程中的见闻。接下来的几年里，我一如既往地做着记录。这套书囊括了我们的前三次旅程，内容在原稿的基础上做了适当的删减和更新。

从写完它们起至今，这个世界已经发生了翻天覆地的变化。英属圭亚那如今已成为一个独立的国家，并改名为圭亚那。我们曾去鲁普努尼稀树草原寻找大食蚁兽，那时它对我们来说是何其荒凉和遥远，但是现在那里已经有了定期的航班，非常容易就能与海边的城市进行贸易交流。在印度尼西亚，当年那些巨大的、缓慢变成废墟的爪哇式婆罗浮屠遗迹，如今早已被完全拆除并经过重新改造，当时只有坐船才能抵达的巴厘岛，今天也已经有了自己的专属航线，每天巨大的喷气式飞机载着数千名澳大利亚和欧洲的游客去那里度假，可是当初我在那里只见过一次欧洲面孔；1956 年我们历尽千辛万苦才抵达的科莫多岛，早就成为著名的游览景点，每天都有大量的游客上岛观看科莫多巨蜥。也是从那时起，电视行业本身发生了重大的变化，开始播放彩色影像。

2016 年，一位档案管理员在整理 BBC 纪录片原片的库房时，发现了几只生锈的铁罐，上面贴着"动物园探奇——彩色"的标签。她感到很困惑，便打开了它们，发现里面有好几卷彩色的负片。在此之前，连同我在内，没有一个人见过彩色的它们。所以它们终于被彩印出来。即使这些影像资料被"耽搁"了六十年，它们依然如此生动鲜活，所有见过的人都认为它们应该被更广泛地传播。我希望接下来的内容能达到同样的效果。

大卫·爱登堡

2017 年 5 月

我在塞拉利昂记录青蛙的叫声

目　录

第一章

前往圭亚那

南美洲是世界上一些最奇异、最可爱、最恐怖的动物的家园。在这个世界上，可能再也不会有什么生物像树懒那样，整天把自己倒挂在森林里高大的乔木上，无声无息地在极其缓慢的节奏中度过自己的一生；也再不会有像稀树草原上的大食蚁兽这样身体结构严重不成比例的奇怪生物，它的尾巴大得像一条蓬松的横幅，没有牙齿的细长口腔像一根弯曲的"管道"。除此之外，精致美丽的鸟类在这里实在是太常见了，以至于变成了最不起眼的动物：花哨的金刚鹦鹉在森林中自由飞舞，它们华丽的羽毛与它们那刺耳的聒噪声形成了鲜明的对比；如同宝石般的蜂鸟在花丛中翻飞，吮吸着花蜜，飞舞时绚丽的羽毛闪烁着彩虹般亮丽的光泽。

南美洲的许多动物激发了人们对它们的兴趣，只不过这种兴趣往往来自人类的厌恶。河流中成群结队游荡的食人鱼，等待着那些落入水中的动物，伺机撕咬它们身上新鲜的肉；吸血蝙蝠在欧洲只存在于传说当中，在南美洲却是可怕的现实，它们每晚都会从森林深处的栖息地飞出来觅食，吸食奶牛和人类的血。

既然我们把非洲作为《动物园探奇》拍摄的第一站，那么南美洲便毫无疑问地成为第二次探险的首选。可是，面对一个如此幅员辽阔、生物多样性如此丰富的大洲，究竟选择哪里作为这次探险的目的地呢？最终，我们选择了圭亚那（当时还是英属圭亚那），它是南美洲大陆上唯一一个英联邦国家。曾经与我在非洲并肩作战的杰克·莱斯特、查尔斯·拉古斯，这次还与我一起奔赴南美洲。除此之外，伦敦动物园的一位监管者——蒂姆·维纳尔也加入了我们的探险队。虽然他目前的任务是照料我们捕捉到的有蹄类动物，但是在他多年的动物园职业生涯中，他曾经饲养过各种类型的动物。他将留在海边的基地，照料那些被我们捕获并被送到那里的动物，说实话，这真是一项吃力不讨好的任务。

1955 年 3 月，我们抵达圭亚那的首都乔治敦。在申请相关许可证，以及配合当地海关清点摄像和录音设备的三天时间里，我们抽空买了锅碗瓢盆、食物、吊床等生活物资，我们渴望立马在这个国度开展野生动物收集工作。我们已经制订了一个大概的计划。通过地图不难发现，圭亚那的大部分领土都被热带雨林所覆盖，雨林往北一直延伸到奥里诺科河，向南则伸展到亚马孙盆地。可是，圭亚那西南部的森林正在逐年衰退，取而代之的是连绵起伏的稀树草原；海岸线一带肥沃的土地现如今也变成了一片耕地，成片的沼泽与溪流被稻田和甘蔗种植园所取代。我们如果想收集这个国家具有代表性的物种，就必须前往以上各个地区，这是因为圭亚那不同类型的栖息地都生活着其特有的物种，而这些物种在其他地方根本找不到。困难接踵而来，应该去每个区域的哪些地方，以什么样的顺序去探索这些地方，面对这些问题，我们手足无措，直到抵达后的第三天晚上，我们受邀与三个人共进晚餐。这三个人能提供专业意见：比尔·西格尔，一位负责西部边远地区森林事务的地区官员；蒂尼·麦克特克，鲁普努尼稀树草原上的一个大牧场主；还有肯尼德·琼斯，一位专为美洲印第安人看病的医生，这份工作让他走遍了圭亚那的每一个角落。那一晚，我们不停地翻看着图片和影像资料，仔细地审阅着地图，兴奋地快速记着笔记，一直讨论到第二天的凌晨。讨论结束后，我们总算制订出一份详细的探险计划：首先前往稀树草原，接着去热带雨林，最后去沿海地区的沼泽。

第二天一早，我们急忙赶到航空公司咨询航班的情况。

"四位前往鲁普努尼，是吗，先生？"航空公司的员工说道，"当然可以。明天就有一架飞往那里的飞机。"

我和杰克、蒂姆、查尔斯满心欢喜地爬上飞往鲁普努尼的飞机。万万没有想到的是，刚上飞机，我们的心就提到了嗓子眼。我们的飞行员威廉斯上校是圭亚那丛林飞行行业的引领者，正是他非凡的勇气和超凡的想象力，使得飞抵这个国家的许多边远地区成为现实。但是，起飞后我们便发现，上校的飞行技术和把我们从伦敦带到乔治敦的飞行员截然不

查尔斯·拉古斯和一只枯叶龟

同。我们乘坐的达科塔飞机*轰鸣着在跑道上加速行进；远处隐约可见的棕榈树越来越近，近到让我一度怀疑飞机的发动机是不是出了故障，以至于不能飞离地面。直到最后一刻，飞机才以极其陡峭的爬升角度冲向空中，此时我们距离下方的棕榈树丛仅有咫尺之遥。飞机上的每个人都吓得面无血色，我们互相叫喊着表达各自心中的疑虑和担忧；紧接着，我走到威廉斯上校身边，询问他刚刚发生了什么。

* 达科塔飞机是道格拉斯 DC-3 固定翼螺旋桨驱动的飞机。——译注

"在<u>丛林</u>里飞行！"他吐出叼在嘴角的香烟，随手把它扔进固定在仪表盘上的锡制烟灰缸，大声喊道，"在<u>丛林</u>里飞行，我认为最危险的时刻就是起飞的一刹那。在你最需要发动机动力的时候，如果有一个发动机发生了故障，你就会坠落到森林里，那里可没有人帮你们。通常我会计算飞机在地面上的速度达到多少时，才能产生足够的动力，让飞机在发动机都不工作的情况下起飞。怎么了，伙计们，你们是害怕了吗？"

我连忙向威廉斯上校保证，我们当中没有一个人感到紧张，只是对他的驾驶技术非常感兴趣。威廉斯上校哼了一声，他取下为了起飞而戴上的短焦护目镜，换上了一副长焦护目镜，舱内的我们也逐渐安静下来。

成片的森林如同一张绿色的天鹅绒地毯，在我们的脚下向四面八方铺展开来。慢慢地，我们开始意识到，我们正在接近一座巨大的悬崖。然而，威廉斯上校并没有提升飞行的高度，森林离我们越来越近，我们甚至能看到树冠上飞翔的鹦鹉。紧接着，悬崖不见了，下面的森林也开始发生变化。飞机下方出现了一些被草原覆盖的小岛，随后我们便在辽阔的平原上飞行，银色的溪流在这里纵横交错，小巧的白色蚁冢点缀其间。飞机开始下降，围绕着一小簇白色建筑飞行，准备在机场跑道上着陆——跑道只是对一片稀树草原的委婉说法，这一块地除了没有白蚁冢，其实与周围的环境并没有什么两样。上校让飞机优雅地降落在跑道上，颠簸着驶向一群等待飞机到来的人。我们翻过摆放在达科塔地板上的一堆堆货物，跳下飞机，明媚的阳光刺得我们睁不开眼睛。

一个身穿带袖衬衫、头戴墨西哥帽、有着古铜色皮肤的男人，兴高采烈地从旁观的人群中走出来迎接我们。他是特迪·梅尔维尔，我们在这次探险活动中的房东。他来自一个非常著名的家族。他父亲是第一批定居于鲁普努尼并在那里建立牧场牧牛的欧洲人之一，那时牛在这个地区还很少。20世纪初他来到这里，娶了两位瓦皮夏纳 * 姑娘，两人各自为他生了五个孩子。如今这十个人，不管是男孩还是女孩，都成了当地有头有脸的人物；他们有的是大牧场主，有的是店长，还有的是政府护林员和猎人。我们很快就发现，无论我们在北方稀树草原上的哪个角落遇到一个男人，如果他不是梅尔维尔，那么他一定娶了一个姓梅尔维尔的女人。

我们降落的地方叫莱瑟姆，它由凌乱散布在飞机跑道旁的几幢白色混凝土建筑组成。其中最大的一栋，也是唯一一栋两层建筑，就是特迪的招待所——一座非常普通的矩形建筑，有一个阳台及一些没有玻璃的窗户，但是"莱瑟姆大酒

---

* 圭亚那南部和巴西西北部的印第安人部落。——编注

店"这块招牌为它增色不少。酒店右边半英里*外的一处低矮的土坡上，矗立着地区长官办公室、邮局、商店，还有小医院。一条尘土飞扬的红泥巴路从那里直抵酒店，又经过一些摇摇欲坠的外围建筑，一直延伸到一片干燥的荒野，那里满是白蚁冢和低矮的灌木丛。20英里外的平原上突兀地耸立着一排参差不齐的山峰，在耀眼的天光的映衬下，热浪中的它们就像烟蓝色的剪影。

由于航班带来了大家期盼已久的货物和每周例行的邮件，因此方圆数英里之内的居民都来到莱瑟姆等飞机。飞行日是这里最为重要的社交盛典，每当这个日子来临时，酒店里总是挤满了牧场主和他们的妻子，他们驱车从偏远的牧场赶到这里，即使飞机飞走了，他们也会继续逗留，谈论新闻和小道消息。

晚餐结束后，餐厅里无人使用的桌子被撤走，取而代之的是长长的木凳。这时，特迪的儿子哈罗德开始安装电影放映机和大屏幕。酒吧里的人慢慢地往餐厅里聚集，长凳上坐满了观众。有着蓝黑色直发和古铜色皮肤的瓦皮夏纳牛仔，也就是闻名于世的 *vaqueros*** ，光着脚成群结队地走进来，在门口付钱。灯光熄灭后，空气中弥漫着难闻的烟草味，回荡着

---

* 　1英里约等于1.6千米。——编注
** 　vaquero 在西班牙语中意为"牧牛人"。——译注

大家期待已久的聊天声。

晚间娱乐的序幕由一些明智地未标日期的新闻片拉开。接着是一部好莱坞牛仔电影，它讲述的是西部荒原上开拓者的故事，影片里品行端正的美国白人毫无疑义地屠杀了大量邪恶的印第安人。人们怎么也不会想到，这群瓦皮夏纳人在看到他们的北美同胞被残忍地杀害时，冷漠的脸上竟没有一丝情绪的波动。但是，这部电影的情节真是让人有点难以理解，这不仅是因为一些冗长的镜头在长期的拷贝中被删除了，而且这些胶片卷是否按照正确的顺序被播放，也令人怀疑。在第三卷放映时，一个凄美的美国女孩就已经被印第安人残忍地杀害了，但是放到第五卷时，这个女孩又出现了，甚至还和主人公相爱了。瓦皮夏纳观众真是随和，如此离谱的情节竟然丝毫没有破坏他们对大型战斗场面的喜爱之情，而战斗场面还引发了他们热烈的掌声。我向哈罗德·梅尔维尔表示，放这样一部电影可能不太合适，不过他非常自信地和我说，到目前为止，牛仔片是所有放过的影片中最受欢迎的。不过，有一点可以确定，那就是好莱坞的情景喜剧在瓦皮夏纳人看来极其荒谬。

电影放完后，我们上楼回到自己的房间。房间里只有两张配了蚊帐的床。显然，我们当中的两个人要睡在吊床上，我和查尔斯立马宣称享有这样的"特权"。对于我俩来说，这是一个绝好的机会，自从在乔治敦买了吊床之后，我们就一直想尝试一下。我们非常专业地把它们挂在墙上固定的钩子上。可是，体验了数周之后，我们才意识到，我们不过是无可救药的门外汉罢了。我们把它们拴得高了，而且打的结也过于精致复杂，以至于每天早上要花费相当长的时间去解开它们。杰克和蒂姆冷淡地爬上各自的床。

早晨起床后，一眼就能看出昨天夜里我们两对中哪一对睡得更舒服。我和查尔斯发誓说，我俩睡得很沉，在吊床上睡觉是我们的习性。但是，谁都不相信这话是真的，因为我俩谁也没能学会如何斜躺在南美洲这种没有伸缩装置的吊床上。我在夜里耗费了大量的时间，努力让自己沿着吊床纵向躺着，可折腾一宿的结果是，我的脚的位置比头还要高，身体蜷曲得特别厉害。我完全没有办法翻身，感觉整个后背都要断了，早上起来时，我觉得自己的脊椎骨永远也直不起来了。

早餐过后，特迪·梅尔维尔跑进房间，给我们带来了一个消息。他说一大群瓦皮夏纳人正聚集在附近的湖泊，用当地传统的方法捕鱼——在水中"投毒"。这对我们来说是一个好机会，或许他们在捕鱼的过程中能碰到一些让我们非常感兴趣的动物，所以特迪建议我们也过去看看。我们坐上他的卡车，穿过稀树草原。整个旅途非常顺利，几乎没有遇到任何麻烦。虽然路上到处都是蜿蜒曲折的小溪，但绕过它们并不是什么难事；我们能在很远的地方就注意到它们，这是因为溪岸被灌木丛和棕榈树环绕着。除此之外，路上唯一的障碍就是那些低矮的砂纸木灌丛和蚁冢——那些蚁冢犹如高耸的尖塔一般，有时单独矗立，有时一大片密密麻麻地挤在一起，我们驾车驶过时如同穿梭在一座巨大的陵园中。几条在稀树草原上纵横交错，被轧得特别板实的路，把一座座牧场连在一起，可是我们要去的那座湖却与世隔绝；不久特迪就驶离主路，开始在灌木丛和白蚁冢之间穿行颠簸，如今没有现成的路，他只能依赖自己良好的方向感。我们很快就看到了远处地平线上的一排树，那里正是我们此行的目的地。

一到那里，我们就发现湖中有一条用木桩围成的长堤坝。瓦皮夏纳人将他们从数英里之外的卡努库山上收集来的一种特殊藤本植物碾碎，扔进了用木桩围成的堤坝内。堤坝旁围满了渔民，他们手持弓箭，蓄势待发，等那些被有毒汁液毒晕的鱼漂浮到水面上。瓦皮夏纳人紧紧抓住悬在湖边的树枝，他们停留在水中央特制的平台上。一些人站在简易的木筏上，还有一些人则乘着独木舟来回巡视。女人们早就已经在岸边的一块空地上点起了篝火，挂好了吊床，等待着清理和加工男人们捕获的鱼；但是到目前为止，男人们还没有捕到一条鱼，她们等得越来越不耐烦了。她们鄙夷地说道，这群男人实在是太愚蠢了：圈了这么大范围的湖面，可是就从森林里收

射鱼

集了那么一点点有毒的藤本植物，如此低微的毒量对鱼几乎没多大作用。耗费三天时间围筑的堤坝和搭建的平台，算是浪费了。特迪刚到这里便和这群瓦皮夏纳人打成一片，他收集到了所有的信息及一条新闻——一个女人在湖的对岸发现了一个洞，她说这个洞里有个大家伙。她不是很肯定洞里到底是什么，可能是蟒蛇，也有可能是凯门鳄。

凯门鳄与真鳄和短吻鳄是同属于一个类群的爬行动物，在外行人看来这三种动物长得非常像。然而，对杰克来说，它们三者有着巨大的区别，这三种鳄鱼虽然在美洲都有分布，却有着截然不同的生活习性。杰克认为，在鲁普努尼，我们或许能捕获到黑凯门鳄，这是所有凯门鳄中最大的一种，据说可以长到20英尺*长。杰克说他更希望洞里能是一条"漂亮的大凯门鳄"，不过话说回来，如果能捕捉到一条相当大的蟒蛇，他也会很高兴。我们登上独木舟，在一位妇女的引导下横渡湖面。

经过调查研究，我们发现这里有两个洞——一个小一点的洞和一个大洞，而且它们相互贯通，因为把棍子插入小洞时，大洞会飞溅出泥浆。我们用木桩在小洞周边设置了一圈围栏。与此同时，为了防止这只未知生物从大洞逃走，也为了让它有足够的空间现身并被我们抓住，我们从岸边砍了一些树苗，把它们塞到湖底的淤泥里，使其在大洞出口处围成一个半圆形的栅栏。到目前为止，我们还没有看到猎物，无论我们怎么戳这个小洞，它就是不出来，所以我们决定挖开大洞周边的草皮，扩大洞的面积。我们慢慢地凿开了隧道的顶部，就在我们继续挖掘时，地下发出一声闷吼，这是任何一种蛇都不可能发出的声音。

当我们小心翼翼地盯着埋在阴暗的隧道里的木栅栏时，

---

* 1英尺等于30.48厘米。——编注

我看到了一颗又大又黄、半浸在泥水中的凯门鳄牙齿。这条凯门鳄被我们逼到了绝境，通过牙齿尺寸可以断定它非常大。

挖掘凯门鳄

凯门鳄有两个用于进攻的武器。首先，也是最明显的，就是它们巨大的颌骨；其次就是那粗壮有力的尾巴。这其中的任意一个都能对人类造成非常严重的伤害，然而，幸运的是，我们围捕的这条凯门鳄蜷缩在洞里，我们一次只要盯住它的一端就可以了。瞥见它的牙齿后，我知道哪一端是我最想要的了。杰克不停搅动着栅栏里的泥水，试图弄清楚这条凯门鳄是以怎样的姿势蜷缩在洞里，并据此制订出一个最佳逮捕方案。在我看来，如果这只野兽决定快速地爬出来，杰克应该立马跳开，否则他就会失去一条腿。我觉得此时的自己是离危险最近的人，为了能将整个捕捉过程更好地拍摄下来，我站在远离岸边的齐腰深的湖水中，不停地调整着查尔斯脚下独木舟的位置。倘若凯门鳄向杰克猛扑过去，我敢肯定，它一定会撞到我们搭建的简易栅栏。如果真是这样，杰克只要跳到岸边就安全了，而我则不得不蹚过好几码 * 的湖水，才能抵达安全的地方。我从未怀疑过，在如此深的水中，凯门鳄的游速一定比我快。不知怎的——我的紧张表现得比我想象的还要严重——我似乎无法使独木舟保持足够的平稳，以保证查尔斯可以正常地工作；后来，我的一次异常剧烈的拉扯差点把查尔斯和他的摄像机掀进水里，打这之后，他决定和我一起站在水里，这样他的设备被浸湿的危险会更小一些。

与此同时，特迪从当地人那里借来了一副用生皮制成的套索，紧接着杰克和他跪在岸边，将套索吊在凯门鳄的鼻子前，希望它能朝着我和查尔斯的防线扑过来，如果这样的话，它的头就能被套索牢牢地套住。它咆哮着，剧烈地拍打着隧

---

* 1码等于91.44厘米。——编注

道的两边，湖岸都因此微微颤动。然而它非常明智，拒绝往前挪动一步。杰克只能挖开更多的湖岸。

这时，我们周围已经聚集了二十多个当地人，他们围观捕捉行动，还给我们提了一些建议。不过，我们希望活捉这条凯门鳄且不想伤害它的行为，在他们看来简直不可思议。他们更倾向于用刀当场把它宰杀了。

最终，杰克和特迪用两根带杈的树枝将套索撑开，才套住凯门鳄黑色的吻。显然，这个行为激怒了这只野兽，它不停地扭动和咆哮，挣脱了套索。随后，他俩又尝试了三次，但每次都被它挣脱。现在进入第四回合，杰克用棍子慢慢地把套索朝凯门鳄的头上挪了挪。当这只爬行动物还没有意识到发生了什么时，他猛地拉紧绳索，凯门鳄危险的颌骨总算不会对我们造成威胁了。

现在我们只要当心它巨大的尾巴就可以了。从查尔斯和我站的地方看，情况似乎在往更糟的方向发展，原因是为了安全起见，我们又在凯门鳄的下巴上系了一个套索，这时特迪让一位瓦皮夏纳人将先前搭建的栅栏连根拔起。现在除了湖水之外，我和查尔斯与这条凯门鳄之间没有任何屏障，它长长的头颅伸在洞外，一双黄色的眼睛恶狠狠地盯着我们。杰克立马从岸上跳入水里，刚好落在洞的正前方，手里还拿着一根他刚从树苗上砍下来的长杆。他弯下腰，把杆子推到隧道里，这样杆子就可以沿着爬行动物那布满鳞片的背伸进去。他伸手把杆子绕了半圈，夹在了凯门鳄湿漉漉的腋窝下面，然后把杆子固定住。随后，特迪也跟着他一点一点地把凯门鳄从洞里拉出来，用活结把它的身体和树苗绑在一起。它的后腿、尾巴根，最后是整条尾巴都被牢牢地绑住了，五花大绑的它现在安全地躺在我们脚下，浑浊的泥水拍打着它的嘴。不过，这条凯门鳄只有 10 英尺长。

现在，我们不得不把它弄到对岸去，这样才能将它运上卡车。我们把木杆的前端拴在独木舟尾部，把凯门鳄拖到我们后面，慢慢地把船划到妇女们驻扎的营地。

在杰克的指导下，这群瓦皮夏纳人帮我们把凯门鳄装上卡车。随后，他有条不紊地检查捆绑在鳄鱼身上的一条条绳索，确认每一条都完好无损。由于没有捕到鱼，女人们无所事事，所以都围拢到卡车这边来看我们逮捕的鳄鱼，并试图弄明白究竟为什么会有人如此看重这么危险的动物。

我们驾车穿越稀树草原，返回驻地。查尔斯和我坐在凯门鳄的两旁，我俩的脚离它的颌骨只有不到 6 英寸*的距离。我们相信捆绑它的生皮套索有人们说的那样结实。由于刚出

---

* 1 英寸等于 2.54 厘米。——编注

来就捉到了这样令人印象深刻的动物，我和查尔斯都挺高兴的。然而，杰克却表现得不那么明显。

"这个开始，"他说，"不是很糟。"

第二章

蒂尼·麦克特克和食人鱼

我们惊奇地发现，在稀树草原驻扎一个星期，竟然让我们收获了一座规模相当大的"动物园"。我们不仅捕到了大食蚁兽，牛仔们还给我们送来了许多不同种类的动物，就连特迪·梅尔维尔也贡献了几只在他家四处游荡的宠物：一只声音沙哑的金刚鹦鹉罗伯特；两只处于半饲养状态，生活在一群鸡里的喇叭声鹤；还有他喂的卷尾猴奇吉塔，尽管它已经被驯化得非常温顺，然而当我们毫无顾虑地和它玩闹的时候，它还是有从我们口袋里偷东西的恶习。

我们收集的动物在蒂姆精心的照料下，已经逐渐稳定下来，所以我们打算扩大搜索范围，不再局限在莱瑟姆周围的区域，而是向北前往60英里外的卡拉南博。卡拉南博是蒂尼·麦克特克的家乡，蒂尼是我们抵达乔治敦的第三天见过的那位牧场主，当时他就邀请我们去他家做客。我们告别蒂姆，登上借来的吉普车出发了。

驱车三个小时，穿越一片灌木丛生、毫无特色的稀树草原后，我们看见远处的地平线上出现了一条林带，它横亘在我们前进的小路上。那里好像没有任何空隙或空地表明有路可以穿过森林，远远望去，这条路变得越来越窄，最终消失在我们的视野中。我们确信前面没路了，然而紧接着道路笔直地切入树林，我们驶入了一条又窄又暗的隧道，其宽度刚好能够容纳我们的吉普车。小径两旁的树干被灌木和藤本植物编织在一起，我们头顶的树枝相互缠绕着，宛如结实而致密的天花板。

突然，阳光洒在我们身上。成排的灌木丛如同它们突然出现一样，又突然地消失了。我们面前就是卡拉南博：一座座用泥砖和茅草搭建的房屋散落在一片开阔的碎石空地上，杧果树、腰果树、番石榴树和柠檬树组成的果园点缀其间。

蒂尼·麦克特克和康妮·麦克特克听到了吉普车的声音，提前出来迎接我们。蒂尼身材高挑，穿着一身油腻的卡其色衬衫和长裤，他之所以穿成这样就出来了，是因为我们的到来中断了他的工作，刚才他正在工作间里加工新的铁箭头。康妮比蒂尼稍矮一些，身着蓝色的牛仔裤和上衣，看起来非常苗条优雅，她热情地和我们打着招呼，邀请我们进屋休息。我们走进一间我从未见到过的神奇房间。整个房间似乎沉浸在自己的世界里，古老原始的元素和现代机械化的元素融合在一起——这正是这个地区的生活的缩影。

"房间"这个词，用在这里或许并不是那么准确，因为它相邻的两边是露天的，四周的围墙也仅有 2 英尺高。其中一堵围墙上架着一个皮质马鞍，墙外一条长长的木栏杆上放置了四台舷外发动机。房间另外两边的木墙后面是卧室。桌子靠在其中的一面墙上，上面摆满了无线电装置，蒂尼用它们与乔治敦和海岸上的城市保持联系，桌子边矗立着一组摆满书的大架子。另一面墙上悬挂了一个大钟，以及各种各样的"凶器"，包括枪支、十字弓、长弓、箭、吹管、鱼线，除此以外还挂着一个具有瓦皮夏纳特色的传统羽毛头饰。我们还在房间的一个角落里看到一堆船桨、一个由美洲印第安人制作的陶罐，那里面盛满了凉水。椅子那边，三个颜色艳丽的大号巴西吊床悬挂在房间的角落里。在房间的中心，立着一张大约3码长的大桌子，它的脚深深地埋在坚硬的泥地里。头顶的一根房梁上挂满了一绺绺橘黄色的玉米穗，几块木板搭在房梁上，构成了天花板，如起伏的波浪一样。我们钦佩地环顾四周。

"这间房没用到一根钉子。"蒂尼骄傲地说道。

"你是什么时候建造它的？"我们问道。

"嗯，世界大战之后我在边境线附近徘徊，当时我希望在西北部找到钻石，就一直不停地打猎，挖掘金子之类值钱的东西；后来我觉得是时候稳定下来了。当时，我已经在鲁普努尼河上游游历了一两次。在那段日子里，我们乘着小船逆急流而上，根据河流的状况，我们有时要花上两周的时间，有时则需要花费一个多月的时间。我认为这是一个不错的国家——你们知道的，这里的人口并不多——所以决定在这里定居。我驾船在河上寻找高地——这样我就可以远离库蠓，也不用为建下水道而犯愁——而且房子离河水要够近，让我可以用船运输货物和生活用品。当然，这栋房子只是一个临时住所。我建造它的时候非常匆忙，当时我正在制订计划、准备材料，来建造一座更为豪华的住宅。我的脑子里已经有了完整的计划，而且材料都已经备好放在外面了，我明天就能动工。但是，不知道为什么，"他避开康妮的眼神，补充道，"我好像从未打算动工。"

康妮哈哈大笑。"他已经这样说了二十五年了，"她说，"想必你们都饿了吧，大家坐下来吃饭吧。"她走到桌子这边招呼我们坐下。桌子四周是五个倒放的橘黄色盒子。

"我得为这些可怕的老古董道歉，"蒂尼说道，"它们远不如我们在战前使用的那些橙色盒子好用。你们看，我们曾经也用过椅子，但是这里的地板非常不平，椅子腿经常被折断。可是盒子就不一样了，它们没有腿可以被折断，不仅经久耐用，而且坐上去非常舒服。"

麦克特克夫妇准备了一桌异常丰盛的晚餐。康妮被誉为圭亚那最好的厨师之一，她端到我们面前的菜实在是太美味了。前菜是眼斑鲷鱼排，蒂尼平日里会从房子下方的鲁普努尼河里捕捉这种极其鲜美的鱼。紧接着是烤鸭，那是蒂尼前几天才射杀的。最后，一道从房屋外面的树上摘下来的水果，为晚宴画上了圆满的句号。然而，这时却飞来了两只争食的小鸟——一只长尾小鹦鹉，还有一只黄黑相间的悬巢哑霸鹟。

它们飞到我们的肩膀上索要食物。突如其来的状况一下子把我们给整蒙了，我们不知道下一步该怎么做，只能小心翼翼地从盘子里挑一些小一点的食物喂给它们。可是，那只长尾小鹦鹉却毅然摒弃了这些繁文缛节，直接站到了杰克的盘子边上，自个儿胡吃海喝起来。那只悬巢哑霸鹟则采用了完全不同的战略，它用像针一样细长的喙使劲地啄着查尔斯的下巴，提醒他要承担起自己的"责任"。

　　不过，康妮立刻阻止了鸟儿的这些无理行为，并将它们轰

拍摄蒂尼和康妮·麦克特克夫妇

走，然后把一只浅碟放到了桌子的另一头，在碟里装了一些切碎的食物，让鸟儿在那里自行解决。"这就是破坏规矩和在饭桌上喂宠物的恶果。你的客人被它们闹得很烦。"她说道。

晚餐即将结束时，夜幕也随之降临，储物间里的一群蝙蝠慢慢苏醒，悄然无声地飞过起居室，飞到夜色中，开始捕食蝇虫。这时墙角里发出了一阵窸窸窣窣的声音。"蒂尼，真的，"康妮严肃地说，"我们必须对这些老鼠做些什么。"

"好的，我一定会的！"蒂尼略带痛苦地回应道。他转向我们。"我们曾经有一条大红尾蚺，就在这个通道里，它以前还在的时候，老鼠根本不敢来这里捣乱。但是有一次，这条红尾蚺把我们的一位客人惊到了，康妮命令我把它扔了。看看现在都发生了什么事！"

吃完晚餐后，我们离开餐桌，躺到吊床上开始聊天。那个夜晚，蒂尼给我们说了一个又一个的故事。他告诉我们他早些年在稀树大草原上的一些经历，那时卡拉南博周边还有很多美洲豹，为了保护他的牛群，他不得不花费两个星期的时间去射杀一只美洲豹。他还记得那时有一伙巴西歹徒常常越过边境来这里盗马，后来他只身前往巴西，用手枪拦住了那伙歹徒，缴了他们的枪，烧了他们的房子。我们听得非常入迷。这时，青蛙和蟋蟀开始鸣叫，蝙蝠不断地飞进飞出，还有一只大蟾蜍跳了进来，挂在屋顶上的煤油灯发出的光正好照在它的身上，它像一只猫头鹰似的眨着大眼睛。

"我刚到这儿的时候，"蒂尼说道，"雇用了一个马库西印第安人来帮我工作。我付给他定金之后，才发现他是一个巫师，叫巫医也可以。如果我早知道他的身份，我一定不会雇用他，因为巫医都不是什么好工人。他拿了我的定金之后不久，就和我说，他不能继续为我工作了。我告诉他，如果在做完我为之支付工资的工作量之前擅自离开，我就会暴揍他一顿。很好，他没有让那样的事情发生，或许他也不想丢脸，如果真的发生那样的事，他以后在马库西部落里就不再有任何特权了。我一直将他留到他的工作量足以抵销他预领的工资后，才让他离开。然而，当我这么做以后，他却威胁我说，如果我不支付给他更多的钱，他就会往我身上吹气。他说如果他吹了气，我的眼睛会化成水流出来，然后我会感染痢疾，所有的肠子都会掉出来，紧接着我就会死掉。我说：'你来吧，往我身上吹气吧。'我站着一动不动，让他吹气。他结束的时候，我说：'很好，我虽然不知道马库西人是怎么吹气的，但是我和阿卡瓦伊人一起生活了很多年，接下来我也要往你身上吹气，用阿卡瓦伊人的方式诅咒你。'我鼓起腮帮在他身边跳来跳去，不停地往他身上吹气。我一边吹气一边说，他的嘴将紧紧闭上，不能吃任何东西，与此同时，他的背会不停地往后弯，直到脚后跟和头碰到一起，那时候他就会死！说完以后，我就忘了这个人，再也没有想过诅咒这件事。没过多久，我上山打猎，在山里待了好几天。我一回来，我雇请的那些印第安人的小头头就跑来告诉我：'蒂尼主人，那个男的死了！'我说：'小伙子，每天都有很多人会死，你是想和我说谁死了啊？''你往他身上吹气的那个男人，死了。'他说。'什么时候死的？'我问道。'前天死的。他的嘴就像你说的那样一直闭着，背也一直不停地往后弯，然后他就死了。'

"他是对的。"蒂尼最后总结道，"那个男人死了，就像我说的那样死了。"

然后是一阵长时间的沉默。"但是，蒂尼，"我问道，"故事的内容一定不止这些，这不可能仅仅是巧合。"

"是的，"蒂尼回答道，他目光柔和地望着天花板，"我曾经注意到他的脚上有一块小小的溃疡，而且当时我也打听到，他住的那个村子里出现了两例因破伤风感染而死亡的病例。他的死或许与这个有关吧。"

与长尾小鹦鹉和悬巢哑霸鹟分享完早餐之后，我们就和蒂尼讨论当天的计划。杰克决定，在捕捉动物前，先把那些装有笼子、水槽、喂食碗等装备的包裹拆开。

蒂尼转向我们。"你们怎么安排，小伙子们？对鸟感兴趣吗？"我们点了点头。"很好，那跟我来吧。我也许可以带你们去一个地方，那儿离这儿不远，不过可以让你们见识到一些有意思的鸟。"他故作神秘地说道。

我们和蒂尼一起穿越鲁普努尼河边的灌木丛，这是一段对森林知识的学习旅程，接下来的半个小时里，他给我们指出一个枯死的树干上挂着木屑的树洞（一只木蜂的作品）、羚羊留下的痕迹、精致的紫色兰花，以及一伙马库西人在溪水里捕鱼留下的痕迹。然后，他离开了主干道，并提醒我们不要发出声音。林下灌木丛越来越稠密，我们尝试着跟上他那悄无声息的步伐。

这里的灌木上挂满了匍匐的草茎，这些草用鲜绿色的草环把整个灌木丛都覆盖起来，如同一张张垂下的面纱。由于无知和粗心，我试图用手背拨开一些草，但是立刻痛得把手抽了回来。这些匍匐的草都是珍珠茅，草的茎和叶子上长着一排排细小而锋利的刺。我不仅被割破了手，鲜血直流，还发出了一声本不该发出的声响。蒂尼立马转过身，把手指放在嘴唇上。我们跟着他小心翼翼地穿过这些缠结在一起的植被。不久之后，林下灌木丛变得更为茂密，以至于我们不得不钻到茅草丛里，把肚子贴在地面匍匐前进，因为这是最简单也最安静的方式。

他总算停了下来，我们和他并排趴在地上。他小心翼翼地在这些稠密的、距离我们鼻子仅有咫尺之遥的珍珠茅上挖了一个小小的窥视孔，我们通过这个小孔往外观察。眼前是一座宽阔而潮湿的池塘，漂浮在水面上的凤眼蓝将其遮得严严实实，现在正值凤眼蓝花期，所以一眼望过去，整个水面就像一块点缀着精致的淡紫色花纹的亮绿色地毯。

在距我们 15 码远的地方，凤眼蓝被一大群鹭鸟的边缘给覆盖了，这些鹭鸟从湖心一直延伸到对岸。

"这就是你们想要的，小伙子们。"蒂尼小声地说道，"对你们有帮助吗？"

我和查尔斯不住地点头。

"好了，你们现在不再需要我了，"蒂尼接着说，"我要回去吃早餐了。祝你们好运！"他悄无声息地爬了回去，留下我们两个通过珍珠茅上的小孔继续观察。我们将目光再次投向那群鹭鸟。这是两种不同的鹭鸟组成的鸟群：大白鹭和小一点的雪鹭。我们通过望远镜观察到，它们会在争吵打斗时竖起头顶精致的银丝般的冠羽。一对鹭鸟偶尔也会发生矛盾，它们会径直地跳起来，用喙疯狂袭击对方，又会像突然跳起来一样突然平静下来。

我们还看到湖对岸有几只高大的裸颈鹳屹立在鸟群中，它们比其他鸟高出许多，头顶裸露的黑色皮肤和肿大的鲜红色颈部，让它们在纯白色的鹭鸟中显得特别突兀。数百只鸭子在我们最左侧的浅滩上嬉戏着。它们中的一些有意识地排列成一个特殊的"军阵"，这样每一只鸭子都能精确地承担同样的防御任务，剩下的鸭子则成群结队地漂浮在池塘中觅食。离我们不远的地方，有一只看着像水雉或者雉鸻类的鸟谨慎地走在凤眼蓝的叶子上。它的体重通过它非常细长的脚趾分散在几株植物上，它会像穿着雪鞋的人那样抬起脚往前迈步。

这群鸟中最可爱的当数距我们仅有几码远的四只粉红琵鹭。它们正忙着在浅水中觅食，用鸟喙分筛水里的泥土，寻找着可以食用的小动物；它们身上的羽毛呈现出层次细腻的粉红色，这让它们看上去漂亮极了。可是，几分钟之后它们抬起了头，警惕地环顾四周。就在这时，我们看到它们喙的末端放大成平盘状，看起来非常滑稽，与它们优雅美丽的身体组合在一起，有一种难以言状的怪异感。

我们拿出摄像机，准备记录下这壮观的场景，然而不论我们把摄像机摆到哪儿，面前那棵孤立的小灌木总会遮挡住取景的视角。我们低声讨论了一会儿，最终决定冒着惊扰鸟群的风险，穿过茂盛的草，往前挪动几码，到灌木下的一块空地上，那儿的面积足够大，正好可以容纳我们两人和摄像机。如果能在不引起鸟儿警觉的情况下抵达那里，我们就可以清楚地、不被遮挡地拍摄到湖上所有的鸟——鸭子、鹭鸟、裸颈鹳和琵鹭。

我们尽可能悄无声息地将"草帘"上的窥视孔扩大成一条缝。我们把摄像机放到前面，然后在草丛中小心翼翼地匍匐前进。查尔斯安全地到达了预先选定的灌木下，而我则紧随其后。为了防止剧烈的动作惊吓到鸟群，我们始终蹑手蹑脚，先是小心地竖起三脚架，再把摄像机架到适当的位置。当我把手搭到查尔斯的胳膊上之前，他几乎把所有的注意力都放在了那群粉红琵鹭上。

"看那边。"我指着湖的左岸低声地说道。浅滩上的一群牛正摇摇晃晃地跑过来。我下意识地认为它们会吓跑粉红琵鹭，我们刚刚才找到拍摄后者的合适位置，可是这群鸟并不在意牛的到来。牛群摇头晃脑地踏着笨重的步伐朝我们走来。走在最前面的那一头是牛群的首领，它停下来，紧接着抬起头嗅了嗅空气中的气味。牛群中其他跟在它后面的牛也停了下来。它有意识地走向我们藏身的小灌木。大约往前走了15码之后，它又停了下来，发出一声低沉的吼声，用蹄子来回扒着地面。从我们趴着的地方望过去，它与英格兰牧场饲养的那些温柔的根西牛完全不同。它再一次发出不耐烦的吼声，甚至向我们挥动它的牛角。我认为我们躺着非常容易受到攻击。它如果冲过来，就会像压路机一样轻易碾过这些灌木。

"如果它冲过来，"我紧张地趴在查尔斯的耳边说道，"它将吓跑那些鸟，你知道的。"

　　"它还可能毁了我们的摄像机，我们也会被踩得很惨。"查尔斯小声说道。

　　"我认为现在最聪明的做法就是撤退，你觉得呢？"我盯着前面的牛说道。然而，还没等我说完，查尔斯已经行动了，他扭动着退回我们先前藏身的草丛，然后把摄像机推到了他的前面。

　　我们安静地坐在灌木丛后，感觉到自己特别傻。我们历尽千辛万苦才来到南美洲——美洲豹、毒蛇和食人鱼的家乡，却被一头奶牛吓得一动都不敢动，听上去真是让人羞愧。我们抽起了烟，不停地尝试说服自己，撤退仅仅是为了设备的安全，更何况谨慎也是勇敢的一部分。

　　十分钟后，我们打算看看牛群是否还在那里。它们还在，不过并没有在意我们栖身的草丛。查尔斯指了指我们面前的一缕草，在微风的吹拂下，它正朝着远离牛群的方向轻轻地摆动。风向改变了，现在对我们非常有利。风向给了我们足够的勇气，我们再一次爬到小灌木下，支好摄像机。我们在那里趴了两个小时，拍摄了鹭鸟和琵鹭。我们还在拍摄期间欣赏了一段小插曲，并把它录了下来：两只秃鹫在湖边发现了一个鱼头，结果一只雕把它们赶走了；就在它准备享用它们的战利品时，秃鹭开始拼命地反击，它变得焦虑不安，甚至无法安顿下来享用鱼头，最后不得不带着鱼头飞走。

"如果这些鸟儿全部飞起来，这个场面该有多么壮观啊！"我小声地对查尔斯说，"你慢慢地侧身离开小灌木丛；我过一会儿从另一边猛地跳起来，一旦它们飞起来，你就迅速抓拍它们在天空中盘旋的画面。"查尔斯小心翼翼地缓慢挪动着，生怕在这个关键时刻惊扰到这群鸟，随后他爬出灌木丛，抓着摄像机蹲在灌木丛的一边。

"很好，准备行动！"我捏着嗓子尖声对他说道。伴随着一声大喊，我跳出了灌木丛，挥动着我的胳膊。令人意外的是，那群鹭鸟一点反应也没有。我不停地拍着手掌并大声叫喊，它们还是一动不动。这太不正常了。整个早晨我们谨慎地在灌木丛中匍匐前进，连说话都不敢大声，唯恐惊扰到这些据称非常胆小的鸟儿。现在，即使我们喊破喉咙，这些鸟儿也无动于衷，一上午的畏畏缩缩似乎变得毫无意义。我放声大笑，朝湖边跑去。那群离我最近的鸭子终于飞了起来。鹭鸟紧跟其后，白色的鸟群如同巨大的波浪般离开湖面，直冲云霄，它们的叫声在泛起涟漪的水面上久久回荡。

回到卡拉南博时，我们向蒂尼坦承我们对奶牛的恐惧。

"哈哈，"他大笑道，"它们有时候的确会有一点激动，我以前刚见到它们时也是吓得屁滚尿流。"我们突然觉得自己的名声还没有丧失殆尽。

第二天，蒂尼带我们去鲁普努尼河的一段水域。行走在河岸边时，他指着一系列深坑让我们看，只见质地疏松的石灰华般的岩石上满是窟窿。他往其中的一个洞里丢了一块石头，洞底的水池回荡着呼哧呼哧的声音。

"有个家伙在洞里，"蒂尼说道，"这里的每一个洞里几乎都有电鳗。"

不过，我还有一个方法可以检测洞里是否有电鳗。离开英国之前就有人问过我们，能否用录音设备记录这种鱼类释放的电脉冲。其实，测量仪器非常简单——将两条小铜棒固定在一块大约 6 英寸宽的木头上，然后再连接一段可以穿入我们机器的电线。我把这个简单的探测器放入洞中，小耳机里立刻就传出了一连串嘀嘀嗒嗒的声音，这些由于电鳗放电而产生的声音越来越大，频率也越来越快，达到一个峰值后又逐渐减弱。这样的放电方式，被认为是起到了测向装置的作用，因为电鳗的侧线上有一种特殊的敏感器官，使它能够探测到水里固体变化所引起的电位变化，从而解决了在浑浊的河流深处的岩石缝隙中操纵它那 6 英尺长的身体的问题。

除了这种轻微的半连续放电方式外，电鳗还可以一次性释放出电压极高的电流，据说这种电击不仅能杀死猎物，而且足以电晕一个成年人。

我们继续往下走，到了蒂尼的小码头，爬上两艘靠舷外发动机驱动的独木舟，朝上游驶去；我们在路上看到一棵栖息着一群悬巢哑霸鹟的大树，树上悬挂着的鸟巢如同一个个巨大的会所。我们将系有旋转的金属鱼饵的鱼线拖在船后，希望可以钓到一些鱼。我的诱饵刚刚放下去就被咬了。我赶忙收起鱼线，钓上来一条长约 12 英寸的银灰色鱼，我开始把鱼钩从它嘴里拿出来。

"小心你的手指。"蒂尼漫不经心地提醒我，"你钓到的就是食人鱼。"

我立马把它丢到了船底。

"不要这样嘛，伙计，"蒂尼有点愤愤不平地说道，他随手抓起船桨把鱼打晕了，"它可能会狠狠地咬你一口。"为了证明他的观点，他捡起那条鱼，把一块竹子塞进了它的嘴里。一排排锋利的三角形牙齿咬住了竹子，像斧头一样干净利落地把它咬断了。

我被这一幕彻底震惊了。"这是真的吗？如果有人掉进一群食人鱼当中，他被拉出来时是不是就只剩一堆白骨了？"我问道。

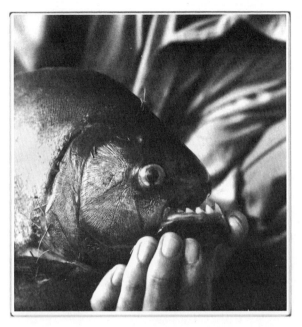

食人鱼

　　蒂尼哈哈大笑。"有意思，如果你蠢到在它们咬你的时候还傻乎乎地待在水里，那我觉得食人鱼，也就是我们所称的perai，可能会把你咬得一团糟。通常情况下，血腥味会让它们变得更加具有攻击性，所以当我身上有伤口时，我不会到河里洗澡。幸运的是，它们不喜欢激流，所以当你从独木舟里出来时迅速搅动周围的水，那你就不用担心，它们通常不会出现在那里。

　　"当然，"他紧接着说道，"它们很少无缘无故地攻击人类。我记得有一次我和十五个印第安人一起乘坐独木舟。由于一次只能把一只脚踏进船里，我们不得不把另一只脚留在水里。当时除了我之外，所有人都没有穿靴子。我是最后一个上船的人，我坐下来的时候，看到前面那个印第安人流了很多血。我问他出了什么事，他说登船的时候被食人鱼咬了一口。后来我才发现，十五个人里面有十三个人的脚被食人鱼咬下了一小块肉，可是，当时没有人喊出来，也没有人想到要提醒后面登船的同伴。不过，我想这个故事告诉你的更多是关于印第安人的情况，而不是关于食人鱼的情况。"

几天后，我们离开卡拉南博，返回莱瑟姆。我们收集到的动物正在一点点地增加，在稀树草原搜寻两周之后，我们飞回了乔治敦，和我们同行的不仅有躺在特制的大木箱里的凯门鳄，还有一只大食蚁兽，一条小蟒蛇，一些淡水龟、卷尾猴、长尾小鹦鹉和金刚鹦鹉。这看起来是个相当不错的开始。

从鲁普努尼返航的查尔斯·拉古斯

第三章

岩画

马扎鲁尼河发源于圭亚那西部的高原，那里紧邻委内瑞拉边境。这条河围着一个大圈流淌了 100 多英里，其间三次改变河水的流向，才穿过包围它的高大砂岩山脉，随后它在短短的 20 英里距离内迅速下降 1 300 英尺，一连串的瀑布和急流形成了一道不可逾越的交通屏障。

以前，走陆路是进入这个盆地的唯一方式，然而几条可行的山道不仅漫长，而且艰险，即使选择最容易的一条，也要在茂密、危险的森林里走上三天，途中还要翻越一座高达 3 000 英尺的山峰。正因如此，这个地方几乎和圭亚那其他地方隔绝开来。这里居住着大约 1 500 名美洲印第安人，他们过着世外桃源般的生活，海岸文明对这里毫无影响；直到我们访问的前几年，这种情况才有所改变。

然而，自从飞机被引进这个国家后，情况发生了翻天覆地的变化，水陆两用飞机不仅可以飞越山脉形成的天堑，而且能降落到马扎鲁尼河冲击出来的广袤无垠的盆地中心。外界的突然到访对居住在那儿的阿卡瓦伊和阿雷库纳部落产生了一些深远的影响，为了避免外人可能对他们造成的剥削，圭亚那政府宣布整个地区为印第安人保护区——禁止淘金者及未经允许的旅行者进入该区域。与此同时，政府还任命了一位地区官员，其职责是保障印第安人的福利。

比尔·西格尔担任这个职位，非常幸运的是，我们刚刚抵达这个国家的时候，正好碰上他在乔治敦采购。他一次性采购了六个月的生活物资，其中包括食物、贸易商品、汽油和其他的一些生活必需品，这些物资需要用飞机送到他工作的地方，要知道他来乔治敦的次数真是屈指可数。

他是一个皮肤黝黑、身材高大、体形魁梧的男人，脸上的皱纹很深。他简洁地向我们描述了那里的奇观，以免过多地流露出他对那个地区的热爱和自豪：最新发现的瀑布，大面积未经勘探的森林，阿卡瓦伊奇怪的"哈利路亚"*宗教信仰，蜂鸟、貘和金刚鹦鹉。他估计，当我们结束为期两周的鲁普努尼之旅，返回乔治敦的时候，他的采购任务也将完成，届时我们可以和他一起飞回那块盆地。

所以，回到乔治敦后，我们便兴奋地寻找比尔，想问问他的飞机什么时候可以起飞。后来，我们在一家旅店的酒吧里找到了他，他正忧郁地盯着玻璃杯里的朗姆酒和姜啤。他得到了一个坏消息。他订购的那批货物将由达科塔运输机运往当地，飞机通常降落在因拜马代盆地东部边缘，那附近有一小块开阔的稀树草原。不过，那里的机场跑道通常只在漫长的旱季提供服务，在雨季就会被淹没，从而无法使用。按理说，4月中旬那里是可以降落飞机的，但是一场突如其来的

---

* 哈利路亚是希伯来语，意思是"赞美上帝"。——译注

暴雨将机场变成了一片沼泽。第二天，比尔打算乘坐水陆两用飞机，飞往因拜马代稀树草原附近的马扎鲁尼河，驻扎在当地观察情况，每天通过无线电和乔治敦联系，一旦跑道变干，就让飞机立马从乔治敦起飞，将必需的物资送过去。显然，飞机需要先运送那批物资，如果它们能安全送达，而且机场跑道仍然干燥，那我们就可以跟着最后一趟飞机飞过去。我们心事重重地结束了当晚的聚会，与比尔告别，祝愿他第二天一早飞往因拜马代的航程一切顺利。

我们在乔治敦焦急地等待着，每天都跑到内政部打听跑道的情况。第二天，我们得知当地天气转晴，太阳出来了，而且近期也不会有雨。飞机跑道大概会在四天内变干并投入使用。这四天时间里，我们一直帮蒂姆·维纳尔把从鲁普努尼捕捉到的动物安置到更舒适的笼舍中。农业部将植物园的一个车库租借给我们，笼舍被我们一层一层堆放在墙边，这里很快就成了一座小型动物园。可是，一些像大食蚁兽这样的大型动物无法饲养在车库里；幸运的是，乔治敦动物园及时伸出援助之手，慷慨地为它们提供了临时笼舍。那条凯门鳄则被安置在一个半浸在植物园水渠中的木箱里。

第四天即将结束的时候，我们收到了比尔·西格尔发来的无线电电报，他告诉我们那里一切顺利，运送物资的飞机可以起飞。当天及接下来的一整天里，货物源源不断地被运送到他那里。最后，轮到我们了。

我们告别蒂姆，他不得不继续留在乔治敦，完成他那份不讨人喜欢的工作——照顾在鲁普努尼捕获的动物。我们再次带上所有的装备，登上达科塔飞机。

在热带雨林上空飞行十分无趣。飞机下面的森林如同一片无边无尽的绿色海洋，毫无特色。我们所知道的那些令人兴奋的生物，都隐藏在布满小坑的绿色表面之下；偶尔会有几只小鸟像跃起的鱼儿一样从树冠上掠过。我们偶尔能看到一小块空地，上面零星地散布着几座小茅草屋，像绿色海洋中的一座座小岛。

一个小时之后，我们飞到了帕卡赖马山脉，这是马扎鲁尼山东南部的屏障，飞机下方的景色随即发生变化。森林爬上山脉的侧壁，直到山坡变得异常陡峭，以至于没有树木可以在上面生长，半山腰以上变成了一块块由乳白色岩石组成的裸露崖壁。

我们很快飞过这道巨大的屏障，然而对以前的旅行者来说，它却是一个极难应付的麻烦；年轻的马扎鲁尼河在我们脚下蜿蜒，有些地方的宽度甚至超过 50 码。紧接着，我们在森林的中央看到一小片开阔的稀树草原，仿佛变魔术一般；它的边缘有一间小屋和两个小小的白色身影，我们知道他们是西格尔夫妇。

达科塔盘旋降落。整个着陆过程相当颠簸，这倒不是飞行员的问题，而是因为因拜马代的飞机跑道没有铺设沥青路面；那里只是一片开阔的空地，比尔的美洲印第安人助手们移走了上面较大的鹅卵石，并砍掉了一些显而易见的树木和灌木丛。

西格尔夫妇走过来迎接我们，他俩都光着脚。西格尔夫人身材高挑而轻盈，身着一件羊毛制成的运动服。比尔则穿着卡其色的短裤和一件敞到腰部的衬衫，他刚从河里洗澡回来，头发还是湿的。他见到我们时非常开心，因为和我们一起乘机抵达的是他的最后一批必需物资，他觉得这些物资至少可以让他们安稳地度过这个雨季。他原本预计这批货物至少还要一个月才能开始运输，没想到如今变得这么顺利；我们四周后可以从因拜马代机场返回。

"可是，"他说，"谁也说不准。或许，明天雨水将再度来袭。如果真是这样，"他高兴地补充道，"我们同样可以用水陆两用飞机，以惊人的成本把你们分批送出去。"

我们在因拜马代飞机跑道旁的一间半废弃的小屋里，度过了在这儿的第一晚。第二天早上，比尔认为我们可以去马扎鲁尼河的源头，从那儿沿着它的支流卡洛维昂河进入一片杳无人迹、从未被开发过的区域。我们问他在那里可以看到什么。

"这个嘛，"比尔说道，"从来没有人在那儿居住过，所以应该有很多你们感兴趣的野生动物。那里还有一条风景宜人的瀑布，是我一两年前发现的；此外，还有一些神秘的印第安岩画，几乎没有人见过这些，更不要说能有人了解这些绘画了。你们还可以去看看那些岩画。"

比尔期待着飞机可以运来更多的货物，即使它们没有已经运送过来的那批物资重要。可是，第一批货物预计要两天后才能到达，所以接下来的那天早上，比尔说他和达夫妮可以陪我们开启第一天的旅程。我们五个人登上一条长约40英尺、配有舷外发动机的巨大独木舟，比尔经常驾驶它巡视他所管理的区域。六个美洲印第安男人也随我们一起出发。

对我们来说，那真是极其美妙的一天，我们第一次如此近距离地观察森林。我们航行在平静的、近乎透明的棕色河水上，追逐着阳光，独木舟两侧是茂密的森林，如同两堵绿色高墙。长在岸边的紫心木、绿心樟和巨豆檀大约有150英尺高。树冠下攀缘植物和藤本植物相互缠绕，织成一块像窗帘般的植物墙，遮住森林内部的情况。在靠近地面的地方，一些更小的灌木贪婪地向外延伸着，获取它们在幽暗的森林深处被剥夺的阳光。这里树叶的颜色并不都是绿色，雨季到来的时候，有些树木会催生出新的嫩芽，这些琥珀红的叶子软绵绵地低垂着，形成一条条竖直的云团，在其余繁茂的植物中特别惹眼。

两小时的航行中，我们遇到了好几处湍急的河段。河流呼啸着越过宽大的岩石，将本来如同琥珀似的棕色河水搅成了奶油一样的白色。我们不得不卸下那些既珍贵又容易受到损害的设备——照相机和摄像器材——通过岸上的小路，把它们送到急流的上游，然后再回来帮助那些印第安人把笨重的独木舟拉过岩石。虽然每个人都累得汗流浃背、气喘吁吁，但是大家非常开心，特别是当有人笨手笨脚没有站稳，失足跌落到一个特别深的巨石缝中时，大伙儿更会狂笑不止。后

在急流中拖拽独木舟

来，我们把独木舟拖到一片平静的水域，那里就是刚刚那些急流的上游地区；我们将从这里开启新的航程。

又航行了一个多小时后，比尔让我们仔细听周围的声音，我们在发动机的噪声里，隐隐约约地听到了一阵从远处传来的轰隆声。

"那是我发现的瀑布。"他说。

十五分钟后，我们乘着独木舟来到一处河湾。瀑布传来的声音越来越大，比尔说瀑布正好围绕这个河湾流动。继续往上游行进，需要费力地从岸边把独木舟拖过瀑布，所以我们决定在这里宿营过夜。可是，比尔和达夫妮不能留下来陪我们，他们不得不返回因拜马代，处理飞机即将运来的那些货物。

他们在离开之前利用美洲印第安人清理营地的时间，带我们沿着河岸去看瀑布。圭亚那的瀑布资源非常丰富。往南几英里的地方，就是 800 英尺高的凯特尔瀑布，所以在圭亚那的瀑布中，比尔那只有 100 多英尺高的瀑布根本排不上号；但是，当我们绕过河湾真正见到它的时候，我们被它的壮美震撼了。一道激荡出无数泡沫，状如镰刀的水幕挂在垂直的崖石上，轰鸣着落入瀑底宽阔、巨大的水池中。我们在水里游泳，攀上瀑布底部坍塌的巨石，爬到瀑布下面潮湿的洞穴，那里面还有一群飞来飞去的雨燕。

迈普里瀑布下的杰克·莱斯特

比尔将他发现的瀑布命名为迈普里——这是貘在当地的名字——他第一次发现这条瀑布时，就在河岸上发现了它们的痕迹。很遗憾，我们没有足够的时间在这里欣赏它的壮美，因为比尔和达夫妮需要赶在天黑之前回到因拜马代，现在他们必须马上踏上返程的路，我们顺着来时的路回到美洲印第安人和独木舟停泊的地方。

比尔和达夫妮带着两个印第安人，乘着独木舟向下游驶去，临走的时候和我们承诺，两天之后他们会让一个美洲印第安人驾着独木舟来这里接我们。

　　不管我们想去森林的哪一个角落，这四个留下的美洲印第安人都会帮我们搬运设备。他们虽然都是阿卡瓦伊人，但是由于常年在比尔那里工作，早已经在一定程度上"欧洲化"了。他们穿着卡其色的短裤和衬衣，说着混杂英语，这是包括美洲印第安人、非洲加勒比人、东印度人和欧洲人在内的圭亚那所有民族都会说也都能理解的一种方言。虽然它以简单的英语句式为基础，但是同世界上其他的混杂语言一样，它也有着自己独特的语法、词汇、简化形式及发音。动词在这种方言中通常被省略，即使使用，也只会在现在时态中出现；如果想要表达复数或者是加强语气，只需要将一个单词简单重复几遍。我们也入乡随俗，和大家说混杂英语，所以与他们交流起来并没有什么障碍。肯尼思是他们中年龄较大的一个，对于有关舷外发动机的错综复杂的问题，他虽然还没有完全弄明白，但是总算知道一点；不过我们在观察中发现，他处理故障的方法简单粗暴，不管发动机发生什么故障，他都是拔下塞子把它们吹干净。他的第一"副官"名叫乔治王，长得非常结实，但总是摆出一副凶神恶煞的表情。我们从比尔那里听说，他是一个远离马扎鲁尼河流域的村子的首领，所以给自己取了这样一个听上去像"皇室头衔"的名字。他们希望他能把名字改成乔治·金，虽然做了很多思想工作，但都被他坚决地拒绝了。

我们欣赏瀑布的时候，这四个阿卡瓦伊人已经在灌木丛中清理出一块15码见方的空地，用从森林里砍伐的小树苗搭建成小屋框架，并在上面铺了一层帆布，防止突如其来的暴雨淋湿大家。我们把吊床挂起来。篝火已经点燃，河水已经煮沸。就在这时，肯尼思握着一杆枪朝我们走来，问我们晚饭想吃哪种鸟。我们说小拟鹑——一种大小和山鹑差不多的不会飞的小型鸟类，不过感觉吃起来味道应该很不错。

"好的，先生。"肯尼思自信地回答道，随后消失在森林里。

一个小时后，正如他承诺的那样，他带回一只又大又肥的小拟鹑。我问他是怎么找到我们想要的这种鸟。他说所有美洲印第安人在打猎时，都会模仿鸟儿的叫声。我们说想吃小拟鹑，所以他进入森林之后，一边小心谨慎地寻找着，一边模仿小拟鹑那种低沉的、长哨般的叫声。大约三十分钟后，一只小拟鹑出现了。他继续叫着，慢慢地匍匐着接近它，最后射杀了它。

晚餐之后，我们爬上吊床，准备度过在森林里的第一夜。在稀树大草原的那两周，我们学会了在吊床上睡觉的技巧，不过那里的晚上和白天一样闷热；可是马扎鲁尼盆地却大不一样，虽然白天气温非常高，但是到了晚上却异常寒冷。那一晚的经历让我知道，在吊床上睡觉盖的毯子，至少得是平时在床上睡觉的两倍，这是因为睡在吊床上，必须牢牢裹住自己的前胸和后背，这样就相当于把一条毯子当成两条来用。那里实在是太冷了，以至于一个小时后我不得不从吊床上爬起来，把我带来的所有衣服都盖在身上；即便这样，那一晚我还是被冻得够呛。

虽然天还没亮我就被冻醒了，但是当太阳升起来的时候，我就得到了丰厚的奖赏，那就是在河岸上久久回荡的金刚鹦鹉和长尾小鹦鹉的叫声，以及蜂鸟取食垂挂在河边的蔓生植物花朵的画面。这是一种小小的、如宝石般的生物，比核桃大不了多少，在空中颠簸地飞行。当它决定吸食一朵花时，它就会悬停在这朵花的前面，吐出长长的、如丝线一样的舌头，从花的深处啜饮花蜜。吸完以后，它会通过快速地扇动翅膀在空中慢慢地倒飞，然后继续物色下一朵盛开的花。

早餐之后，乔治王说比尔·西格尔提到的那些岩画就在森林里，从这里步行过去需要两个小时。我们问他能不能把我们带到那里。他说虽然他只去过一次，但是他可以保证再一次找到这些岩画。他带领着我们进入丛林，其他阿卡瓦伊人则帮我们搬运设备。乔治王毫不迟疑地走在最前面，不是在树上刻符号，就是把小树苗的顶端掰折，留下一些标记，这样我们就不会找不到回来的路。这里是高海拔的热带雨林，树可以长到

200英尺高。雨林中绝大多数的树上都覆盖着植物，不过这些植物有一个非常奇怪的特性，那就是不长在泥土里，而是长出长长的气生根，在潮湿的空气中吸收营养物质。我们偶尔也能见到地上有一片从高处落下的黄花，它们为阴暗的森林编织了一块彩色地毯。我们抬头仰望，希望能找到这些花的来源，但是这些树长得实在太高了，如果不是因为这些落花，我们可能永远也不知道它们中的哪一棵曾经开过花。

大树的树干之间，小树苗和蔓生植物缠绕在一起，我们不得不用刀为自己开辟一条通道。我们在这里从未见到大型动物，却知道有无数的小生物环绕着我们，因为周围充满蛙类、蟋蟀及其他昆虫的鸣叫声。

经过两个小时的艰难跋涉，我和查尔斯感到筋疲力尽。这里闷热潮湿的环境让我们不仅汗流浃背，还饥渴难耐。从离开河边到现在，我们还没看到任何可以喝的水。

没过一会儿，一直在找寻的悬崖突然出现在我们面前。它高约几百英尺，笔直地向上穿过森林的树冠层，它带给我们的阴凉，让我们有一种置身于夏日傍晚的感觉。岩石和树枝之间留有缝隙，阳光从中穿过，斜射在悬崖白色的石英石上，照亮了覆盖在岩石上的那些红黑相间的岩画。这样的画面是如此令人印象深刻，如此让人震惊，以至于我们忘却了疲惫，激动地跑到了悬崖脚下。

在圭亚那的马扎鲁尼河上游勘察岩画

这些宽约四五十码、高约三四十英尺的岩画沿着崖壁底部展开，虽然制作得非常粗糙，但是其中大多数准确地呈现了作者想要表现的动物。岩画描绘了好几组鸟的形象，可能是肯尼思前一天晚上为我们捕获的小拟鹩，还有一些难以识别的四足动物。在我们看来有一种是犰狳，但是如果把犰狳的脑袋看作尾巴，这个图案也可以被认为是一只大食蚁兽。除此之外，还有一只倒挂着的、四脚朝天的动物。起初，我们认为这是一只死去的野兽，但是后来我们发现它的前肢上只有两个脚趾，后肢有三个脚趾，正好与二趾树懒相符。除此之外，一条粗粗的红线让我们更加坚定自己的猜测，这显然是树懒倒挂时抱着的树枝；但是，这样的画面可能给这位不知名的艺术家带来了诸多绘画技巧方面的困难，因此他在画画时把树懒和树枝分开，这样才能让他的意图更为清楚。在这些动物之间还有一些非常显眼的符号——正方形、锯齿形和一些菱形线，至于这些符号表达了什么意思，我们就真的猜不到了。

不过，最感人、最能唤起大家共鸣的，是分布在动物和符号之间的数百个手掌印。在悬崖高处，这些掌印六个或八个组成一组，然而在靠近崖壁底端的地方，掌印的数量非常多了，它们一个叠一个，不断累积，最终形成一块像是被红色油漆涂满的画布。我用自己的手比对了其中一些掌印，发现它们都比我的手要小。乔治王在我的要求下也做了一番比较，他的手和这些掌印差不多一样大。

我问乔治王，他能否告诉我们这些图案代表着什么。尽管他愿意为我们所指的每一种动物提出几点不成熟的建议，但是他的鉴定结果显然和我们的一样具有不确定性。如果我们说出一些不同的看法，他也不会反驳，而是哈哈大笑，说他不知道；但是对于一个图形，我们的想法是一致的。"那是什么？"我指着一个明显是男人的画面问他。乔治王几乎笑到抽筋。

悬崖上的手印

壁画中的动物可能是树懒和大食蚁兽

"他在运动。"他咧嘴笑着说。

乔治王一直强调说，他知道这些画的意义和起源。"这些画很久很久以前就被创作了，"他娓娓道来，"但不是阿卡瓦伊人画的。"我们后来发现了它们年代久远的证据：崖壁上有很多地方的岩石已经剥落了，岩石上的绘画也就因此消失了；崖壁上留下的伤疤看上去有一些年头，而且已经风化到和悬崖其他部分一样的程度，形成这样的效果肯定需要很多年的时间。

不管他们的目的是什么，它一定非常重要，因为要把图案绘制在如此高的悬崖上，艺术家一定是要努力建造特殊的梯子。或许，这些岩画是某种与狩猎相关的祭祀仪式的一部分，人们将他们期望的动物画在悬崖上，然后按上自己的手印，作为一种身份的登记。然而，出现在画面中的众多生物里，只有一只鸟可以确定是死的，除此之外，没有一只动物看上去像是受伤了，就像在法国发现的旧石器时期洞穴里的岩画一样。我和查尔斯花了一个小时，把这些岩画全部记录下来，为了拍摄到更高处的图案，我们还用树枝搭建了一架简易的梯子。

　　我早已经口干舌燥了，当我最后一次从梯子上下来的时候，我发现有水从悬垂的崖顶滴下来，落到一块覆盖着厚厚的苔藓的巨石上。我赶紧跑到那里抠下一块苔藓，挤出其中含有沙砾的深棕色水，用它们润了润我的嘴唇。乔治王见状消失在左边的峭壁之间，五分钟后，他回来告诉我们，他找到了水源。我跟着他爬上散布在悬崖底部的巨石。在岩画左边大约100码的地方，一条大裂缝沿着崖壁往下延伸。这条裂缝在接近地面时变得又宽又深，最后形成一个小洞穴，洞穴的底部是一个深黑色的水池。一股强有力的溪流从洞穴后面冲入池塘，但是见不到有水从这个池子里流出来。这是一幅相当惊人的画面——激流从岩石中喷涌而出，倾泻到一个深不见底且永远不会溢出的池子里——有那么一瞬间，我完全忘记了口渴这回事。对于原始人来说，这样一个水池无疑可以赋予悬崖许多神秘的色彩。我记得在古希腊就有一个这样的山洞，人们为了安抚众神，把祭祀品扔进水中。我把手伸到水里，希望能摸到一块石斧，但是水池非常深，我只能摸到一些较浅地方的池底，那里只有沙砾。我用一根棍子测了测水的深度，发现它至少超过 5 英尺深。

悬崖底部的泉水

喝完水，我们回到悬崖那里，告诉查尔斯我们的发现。我们坐下来，推测这些画可能的含义，以及那个洞穴是否与它们有什么联系。这时太阳已经落到了悬崖另一侧，岩画也失去了那舞台剧般的照明。如果我们想赶在天黑前回到露营地，那我们现在必须马上动身返回。

第四章

树懒和蛇

我们在森林里闲逛了很长时间，却没有看到多少东西，所以我们决定雇用两个在营地工作的阿卡瓦伊人，请他们陪同我们去森林里探险，以便增加我们有限的学识和经历。他们的眼神比我们的更加犀利，能够辨识出更多的小动物；他们对这里的森林也非常熟悉，可以带着我们找到那些有可能吸引蜂鸟的开花的树，还可以找到长着成熟果实的树，或许会有成群结队的鹦鹉或猴子去那里觅食。

不过，我们获取的第一个重要成果是由杰克"创造"的。我们穿梭在离机场不远的森林里，在带刺的蔓生植物里寻找着前进的路。我们停在一棵大树下，那是迄今为止我们见到的最大的树。我们头顶的树枝上，挂着一层厚厚的、扭曲的藤蔓，它们一动不动。如果能将这些藤蔓多年的生长过程浓缩到一部时长为几分钟的影片中，我们就能看到它们不停地扭曲、盘绕，死死地将自己和它们攀缘的树干勒在一起。杰克一直盯着这团乱麻看。

"是不是有什么东西挂在那里，还是说我眼花？"他轻轻地说道。

我什么也没有看到。杰克又更仔细地解释一遍，告诉我应该往哪儿看，最后我终于发现他指的那个地方——一个圆团状的灰色东西悬挂在藤蔓上。那是一只树懒！

树懒不擅长快速移动，换句话说，这种动物不可能在几秒之内就从森林顶部消失。我们有足够的时间来商量由谁去把它捉下来。查尔斯要记录捕捉的过程，杰克最近因为一次意外把肋骨摔伤了，他的伤势决定了他不能从事任何高强度的工作，所以，我是唯一一个能爬上去把这种神秘生物带下来的人。

爬上去并不是很难，那些悬垂的藤蔓提供了大量可以攀缘的空间。树懒见我靠近，逐渐变得狂躁，开始拽着它的藤蔓一点一点往上爬。它移动得实在是太慢，我不费吹灰之力

在森林里进行拍摄的查尔斯·拉古斯

就能赶上。在距离地面大约 40 英尺的地方，我追上了它。

这只倒垂在藤蔓上的树懒死死地盯着我，它的体型和一条大型牧羊犬差不多，毛茸茸的脸上流露出一种无法言喻的感伤。它缓慢地张开嘴，露出黑色的、没有釉质的牙齿，尽其所能发出最大的声音来恐吓我，不过那声音就像微弱的支气管喘息声。我伸出手准备捉住它，作为回应，这个家伙向我挥舞它的前肢，不过动作缓慢而笨拙。我往后轻轻一退，它温和地眨眨眼，好像惊讶于没有用爪子钩住我。

它的两次主动防御均以失败告终，它开始改变策略，紧紧抓住藤蔓。我的处境也不是那么稳定，所以让它松开紧握的爪子并不是一件容易的事。我一手抓住藤蔓，一手抓住这只树懒。我撬开它一只脚上弯月形的爪子，正准备撬下一只脚的时候，树懒非常明智也非常谨慎地把松动的脚放回了原处。我根本没有办法同时抓住它的几条腿。我尝试了五分钟，杰克和查尔斯在下面大声地喊叫着，那些粗鄙的建议没有丝毫实质性的作用。显然，如果只采用这种单手战略，这场战争会一直持续下去。

突然，我想到一个好主意：可以利用我面前悬挂的这些细长而呈波浪状的、被阿卡瓦伊人亲切地称为"奶奶的脊梁"的藤本植物。我对着下面的杰克大喊，让他把靠近地面的藤蔓砍断。紧接着我将砍断的一端拉上来，挂在树懒旁边，然后我再次尝试松开它的每条腿。这个家伙铁了心要抓住任何触手可及的东西，所以我就一点一点地把它转移到这根小藤蔓上。我轻轻地把藤蔓放下去，紧紧挂在它的末端的树懒笔直地落到杰克的怀里。我紧随其后爬了下去。

"很漂亮，是不是？"我说，"它和我在伦敦动物园看到的那一只不是一个物种。"

"是的，不是同一种，"杰克略带悲伤地回应道，"伦敦的那一只是二趾树懒。它在伦敦动物园已经生活了好几年，只要喂它一些苹果、生菜、胡萝卜，它就能吃得很开心。这一只是三趾树懒。你没在动物园见到它的原因很简单——它只吃一种叫号角树的植物，虽然这里有大量号角树，伦敦却是一棵都没有。"

我们知道我们最终不得不放了它，不过放归之前我们决定饲养它一段时间，这样就可以观察和拍摄它的生活状态。我们把它带回营地，放到一棵紧邻房屋、独立生长的杧果树下。离开树枝的帮助，树懒可谓是寸步难行。它修长的四肢向外撇，如果把它和杧果树的树枝分开，它只能费劲地弓着身体前行，一般跑不了几码。这个家伙一到那儿就优雅地爬上树干，心满意足地倒挂在一根树枝上。

它身体的每一个特征似乎都在某种程度上进行了调整，以适应它倒挂的生理特性。蓬松的灰色毛发并不是从它的背

这是三趾树懒，我们很快意识到在它的左腋下藏着一只树懒宝宝

部长出，垂向腹部，而是从腹部长出来，一直延伸到它的脊梁，这和其他正常的生物完全不同；它的脚被彻底地改造成悬挂的"工具"，以至于看不出脚掌的一点痕迹，钩状爪子好像是从毛茸茸的四肢中直接伸出来似的。

树懒倒挂在树上的时候需要非常广阔的视野，所以这种生物的脖子非常长，差不多可以旋转 360 度。生物学家们对树懒颈椎骨的数量特别感兴趣，因为世界上几乎所有的脊椎动物，无论是小到一只老鼠，还是大到一只长颈鹿，它们的颈椎都是由七块骨头组成，但是三趾树懒有九块颈椎骨。人们很容易得出这样的结论：这也是对颠倒生活的一种特殊适应。不过，对持有这种理论的人来说，有个不幸的事实，那就是有着同样生活习性的二趾树懒却只有六块颈椎骨，比绝大多数脊椎动物还要少一块。

第三天，我们注意到那只树懒一直在努力向前伸展，舔舐自己臀部上的一个东西。我们感到非常奇怪，走近仔细观察，出乎所有人意料的是，它正在爱抚自己的宝宝，小家伙还是湿的，应该是刚刚出生没几分钟。

树懒的皮毛通常被认为可以支持微小植物的生长，所以让这种生物染上一种棕绿色调，这对它的伪装有相当大的帮助。然而，这只树懒宝宝的出生却推翻了这个理论。显然，这只年幼的树懒并没有足够的时间在它的毛皮外衣里建设自己的"花园"，但是它有着和树懒妈妈一样的颜色。事实上，当它身体干了以后依偎在树懒妈妈蓬松的皮毛中时，我们很难发现它的存在，只能偶尔瞥见它沿着妈妈巨大的身体，摸索到后者腋下吮吸乳头。

三趾树懒和它的宝宝

我们用两天时间观察这对树懒母子，发现树懒妈妈会非常温柔地舔舐它的宝宝，有时还会将一条腿和树枝分开，用来支撑它的宝宝。这次生育似乎"偷走"了它所有的食欲，从那之后它再也没有吃过我们从它以前栖息的树上采摘的树叶。我们最后决定，与其让它继续挨饿，不如把它们放归森林。我们把它挂在森林里的藤蔓上，树懒宝宝越过它的肩膀盯着我们，而树懒妈妈则开始往上爬。

一个小时后，我们回到放归的地点，想确认一下这对母子是否一切安好，可是树懒妈妈和宝宝已经不见踪影了。

放归那对树懒后不久，西格尔夫妇不得不再次离开，因为他们的独木舟上已经堆满货物。因拜马代机场的跑道上直到现在还滞留着大量生活物资，所以肯尼思第二天也要驾着独木舟返航，帮忙运送这些物资。杰克打算在营地里多停留几天，收集一些周围的动物。不过，我们的一部分拍摄计划是记录美洲印第安人的村庄生活，所以比尔建议趁着这几天发动机燃料还算充足，我和查尔斯跟着肯尼思到上游河岸边的一个村庄，在那里住上几天。

"我要先去一趟瓦拉米普村，"比尔说，"它离卡科河不远，是一个马扎鲁尼人部落。村民中有一个年轻能干的小伙子，叫克拉伦斯，他曾经在这里为我工作过一段时间，可以说一口流利的英语。"

"克拉伦斯？"我问道，"这对阿卡瓦伊人来说是一个特别怪异的名字。"

"是的，印第安人曾经非常信奉'哈利路亚'，这是19世纪早期从圭亚那南方开始兴起的一种奇怪的基督教；然而，随着基督复临安息日会＊传教士的到来，他们改变了瓦拉米普村民的信仰，并在这个转变过程中重新给他们起了这些欧洲化的名字。

"当然，"他补充道，"以前的名字仍在他们中间使用，但是我不认为你能找到一个愿意告诉你他以前名字的阿卡瓦伊人。"他哈哈大笑。"他们似乎有一种能力，可以轻易地将以前的信仰与传教士传授的新信仰联合起来。当他们觉得哪种信仰更适合他们时，他们就会从一种切换到另一种。

"举例来说，安息日会的传教士劝诫他们不要吃兔子。当然这里也没有兔子，但是这里有一种和兔子非常像的大型啮齿类动物——拉巴。很不幸，这种啮齿动物的肉是印第安人最喜欢的食物之一，禁止食用拉巴对他们来说是一个巨大的打击。这里曾经流传着这样一个故事，有一个传教士偶遇他教化的一个印第安信徒，后者正在火上烤拉巴。他告诉印第安人这是多么罪恶。

"'但是这不是拉巴啊，'那个印第安人说道，'这是一条鱼。''哪有鱼长这样大的两颗门牙，'传教士愤怒地回应道，'你别在这里胡说八道。''不，先生！'印第安人说，'您还记得吗？您第一次来到我们村庄时，说我的印第安名字不是

＊　基督复临安息日会是一个世界性的宣教教会，遵守星期六为安息日。——译注

一个好名字，然后把圣水洒到我的身上，紧接着告诉我，我现在的名字是约翰。嗯，先生，我今天走在森林里，发现一只拉巴并射中了它，在它死之前，我也往它身上洒了一些水，告诉它："拉巴不是一个好名字，你现在的名字是鱼。"所以，先生，我现在吃的是一条鱼。'"

第二天一早，我们和肯尼思、乔治王一起踏上前往瓦拉米普村的路。今天舷外发动机的工作状态特别好，不到两个小时我们就抵达卡科河口。在卡科河上行驶十五分钟后，我们看见一条沿着河岸延伸到森林的小道。它的尽头是一片泥泞不堪的土地，上面停着一些独木舟。我们关闭发动机，跳上河岸，顺着小路往村庄走去。

有八座长方形的人字脊茅屋散落在沙地周围，每一座都由短木桩支撑着。这些茅屋的墙和地面是由树皮砌成的，屋顶则覆盖着棕榈叶。女人们站在茅屋的门前盯着我们看，她们有的穿着棉质连衣裙，有的则只在腰间围着一圈用珠子穿成的传统服饰。一群骨瘦如柴的鸡不停地进出茅屋，一群癞皮狗跟在它们后面，我们走路时，脚边还有几只窜来窜去的小蜥蜴。

肯尼思带我们去拜访一位和蔼的长者，当我们见到他时，他正坐在自家门口的台阶上晒着太阳。他赤裸着上身，穿着一条破烂的、满是补丁的短裤，不仔细看的话，很难看出这条短裤曾经是卡其色。

"他是这儿的首领。"肯尼思说，然后向他介绍我们。首领说的不是英语，借助肯尼思的翻译，他表示欢迎我们的到来，建议我们住在村子尽头那间荒废的茅屋里，当年传教士来这里传教时，那儿曾经被当作教堂。与此同时，乔治王找来村子里的几个男孩，他们帮他把我们所有的设备从船上搬到教堂边。

随后，我们跟着肯尼思和乔治王回到河边。肯尼思跟舷外发动机较着劲。发动机终于启动了，独木舟从河岸滑入水中。"我一周后回来。"肯尼思在发动机的轰鸣声中大声地喊道，旋即消失在下游。

那一天的大部分时间，都被我们花在拆行李和在茅屋外搭建小厨房上。我们在村子里闲逛，尽量不过早地暴露自己的好奇心，我们觉得在大家还不熟悉的时候，就开始窥视他们的茅屋和给他们拍照，似乎很不礼貌。很快，我们在村子里找到了克拉伦斯，他是一个二十多岁的非常热情的小伙子，当时正坐在吊床里忙碌地编着精致的篮子。他真诚而友善地欢迎我们，但也清楚地表明他这会儿特别忙，没时间和我们聊天。

傍晚时分，我们返回教堂，商量着晚餐应该吃一些什么。

这时，克拉伦斯突然出现在门口。

"晚上好。"他满脸笑容地打着招呼。

"晚上好。"我们回应道，我们事先已经告诫自己，这只不过是普通的晚间问候而已。

"我给你们送一些东西来。"他说完就把手里的三个大菠萝放到地上。然后他找了个舒服的姿势在门口坐下来，背靠在门柱上。

"你们从很远的地方来吗？"我们说是的。

"你们为什么来这里啊？"

"我们那里与这里远隔重洋，对生活在马扎鲁尼的阿卡瓦伊人一无所知。我们带来所有的机器，打算记录这里的图像和声音，这样就能给我们那里的人展示你们如何制作木薯面包，怎么做树皮独木舟，以及你们平时的生活。"

克拉伦斯看起来有点难以置信。

"你们觉得那些生活在遥远地方的人，会看这些东西吗？"

"是的，他们非常期待。"

"哦。如果你们真的想看的话，这里的人们会给你们展示的，"克拉伦斯说道，不过仍然带着一丝怀疑，"但是，你们能给我展示一下你们带来的东西吗？"

查尔斯拿出摄像机，克拉伦斯高兴地看了看取景器。我则向他展示录音设备。这次展示相当成功。

"这些东西太棒了。"克拉伦斯说，他的眼里洋溢着热情。

"我们来到这里，还有另外一件事，"我说，"我们想收集一些动物：鸟啊，蛇啊，不管哪种动物都行。"

"我知道，"克拉伦斯笑道，"乔治王说你们还有一个朋友待在下游的卡马朗村，他会抓蛇，而且一点都不害怕。快和我说说，乔治王说的是真的吗？"

"是真的啊，"我说，"我那朋友能抓所有动物。"

"你也能抓蛇吗？"克拉伦斯询问道。

"那是，当然。"我谦虚地回应，唯恐让这个可以自我吹嘘的机会溜走。

克拉伦斯一直揪着这个问题不放。

"即使是能把人咬成重伤的那种吗？"

"呃——是的。"我回答得相当不自信，希望可以跳过这个让人纠结的问题。其实，我们在探险中不论遇到哪种蛇，作为伦敦动物园爬行动物主管的杰克，总是那个负责抓蛇的人。我在这方面的经历非常有限，我只在非洲捉过一条很小、很温顺的无毒蟒蛇。

随后，我们的对话陷入一段长时间的沉默。

"那好吧，晚安。"克拉伦斯高兴地说完就离开了。

我和查尔斯开始吃我们的晚餐——沙丁鱼罐头配上克拉

伦斯带来的一个菠萝。夜幕降临后，我们爬上吊床准备睡觉。

一声响亮的"晚上好！"把我们惊醒。我起身往外看，发现克拉伦斯和所有的村民都站在茅屋门口。

"你快和他们说说你刚刚和我说的东西。"克拉伦斯要求道。

我们爬起来复述我们的故事，在摄像机取景器中展示煤油灯微弱的灯光，并播放录音机。

"我们唱歌吧。"克拉伦斯说着，组织村民排成一排。他们唱了一首长长的圣歌，刚刚愉快的氛围一下消失殆尽，我确定我在这首歌里听到"哈利路亚"这个词。我记得比尔说过的事。

"为什么你们唱'哈利路亚'圣歌？我以为这个村庄信奉的是基督复临。"

"我们都是基督复临安息日会的信徒，"克拉伦斯愉快地解释道，"所以有时候我们会唱基督复临圣歌，但是当我们真正高兴的时候，"他故意把身子往前倾了倾，然后小声地说道，"我们会唱'哈利路亚'。"说完他又立马活跃起来。"既然这样，那我们现在唱基督复临圣歌，因为这是你要求的哟。"

我录下他们唱的圣歌，等唱完后再用小喇叭把录音回放给村民们听。他们完全被吸引住了，克拉伦斯坚持让每个村民都来一段单人表演。一些人用喉音唱圣歌，一个人用鹿的胫骨制成的笛子演奏了一首简单的曲子。这场冗长的"演唱会"让我们感到略微尴尬，因为我们带的磁带并不多，而且我们的机器体积小、重量轻，用电池供电，也没有配置清除功能。如果我录下所有的歌曲，这场略显乏味的聚会将会浪费掉所有宝贵的磁带，我遇到真正好的素材时就会陷入没有磁带可用的境地。因此，我试图用最少的磁带录下每个人的一小段演出，好让每位歌手都相信他得到了公正的对待。

大约一个半小时之后，这场"音乐会"结束了。村民们围坐在茅屋周围，用阿卡瓦伊语聊天，抚摸着我们的设备和衣服，有说有笑。我们根本无法融入他们的聊天，克拉伦斯这会儿正在站在屋外，和一个男人热烈地讨论着。我们被彻底忽略了，只能坐在那儿思考怎么做才算有礼貌，我们最坏的打算是大不了晚上不睡了。

克拉伦斯把头伸进门里。

"晚安。"他眉开眼笑地对我们说道。

"晚安。"我们回应道，二十位客人一声不吭地站起来，成群结队地消失在夜幕中。

———

妇女们的主要工作是制作一种薄而扁平的木薯面包，她们将这些面包晾在房顶或者特殊的架子上，让它们在阳光下慢慢晒干。木薯种植在村庄和河流之间的小块空地上。我们拍摄了这些妇女挖出高大的植物并从根部摘取富含淀粉的块茎的过程。她们用一块布满锋利碎石片的木板剥去木薯皮并磨碎它们。木薯汁液中含有一种致命的毒素——氢氰酸，为了除去这种毒素，妇女会把湿漉漉的、磨碎的木薯放进一只木薯去汁篓——这是一只长约 6 英尺、像管子一样的编织篓，一端是封闭的，顶部和底部都有环。当木薯去汁篓装满的时

从磨碎的木薯中挤压出有毒汁液

候，她把它挂在茅屋突出的横梁上。一根杆子穿过底部的环，系在一根拴在小屋柱子上的绳子上。随后，她坐在杆子伸出的部分，原本盛满碎木薯的又短又粗的篓子，这时被拉得又细又长。通过这样的操作可以挤压篓子里的木薯，使有毒的汁液慢慢地从篓子底部流出。

晒干的木薯粉还需要过筛烘烤。有些妇女用的是扁平的石头；而有些妇女用的是铸铁板，这与威尔士和苏格兰制作烤饼时使用的厨具一模一样。随后，她们把那些两面都烘烤过的扁平的木薯面包放到外面晾晒。

克拉伦斯匆忙跑进小屋时，我们正在观察制作过程。

"快点，快点，大卫*！"他一边喊着，一边用力地挥舞着胳膊，"我发现你想找的东西了。"

我跟着他跑到他家茅屋附近灌木丛里的一根原木前。在它的旁边，有一条大约 18 英寸长的小黑蛇正在缓慢地吞食一条蜥蜴。

"快点，快点，你快抓住它们。"克拉伦斯极其兴奋地叫喊着。

"好的……不过，我想我们应该先记录这个场景。"我说着，试图拖延时间，"查尔斯，快过来。"

---

* 原文为 Dayveed。阿卡瓦伊人发音不是很规范，比如会将 thing 拼成 t'ing。对于类似的由于发音而出现的拼写问题，不再另行标注。——译注

这条蛇继续享用它的美食，丝毫不受周围环境的影响。蜥蜴的头和肩膀已经消失，我们只能从蛇嘴的边缘看到一点点紧贴在它身体上的前脚趾。蛇的腰围大约只有蜥蜴的三分之一，为了容纳这顿大餐，它已经松开下颌上的骨头。尽管这样，它那黑色的小眼睛还是快要从它的头上爆出来了。

"好的，"克拉伦斯向全世界大声宣告，"大卫要去抓那条黑色的毒蛇。"

"它非常毒吗？"我紧张地问克拉伦斯。

"我不知道啊，"他轻松地回复道，"但是，我觉得它非常毒。"

与此同时，查尔斯已经开始录像。他俯视着摄像机。"其实我很乐意帮你，"他幸灾乐祸地说道，"但是我必须录下你如此英勇顽强的画面，这实在是难得一见。"

这时蛇已经吞到蜥蜴的后腿。它吃东西的速度并没有它缠绕猎物那么迅速，由于蜥蜴相对于地面来说一动不动，所以蛇可以慢慢地吞向受害者的尾巴。为了吞食猎物，它会先把自己的身体扭曲成锯齿形，然后再笔直地伸展开，就像我们给睡裤穿松紧带一样。

村里大多数的村民都聚集过来，围成一圈，大家非常期待。最终，蜥蜴尾巴上的最后一点尾尖消失了，那条严重膨胀的小蛇开始艰难地往外爬。

这时我已经没有任何拖延的理由。我拿起一根分叉的棍子叉在蛇的脖子上，将这个爬行动物固定在地上。

"快，查尔斯，"我说道，"除非你有收容袋，否则我什么都做不了。"

"这里有一只。"查尔斯兴高采烈地回应着，从他的口袋里掏出一只小小的棉布袋。他打开袋子。我强忍着巨大的不适，用拇指和食指捏住蛇的脖子，把这个不断蠕动的家伙拎起来，扔进袋子里。我如释重负地松了一口气，然后尽可能淡定地走回我们的小屋。

克拉伦斯和其他围观者小跑着跟在我后面。

"我们有时能发现非常大的巨蝮蛇，你给我们展示一下怎么抓住它吧？"他热情高涨，喋喋不休。

一个礼拜后，我向杰克展示我的成果。

"无毒。"他毫无兴趣地拿着它，简洁地说道。"如果我放了它，你一定不会介意，是吧？"他补充道，"这条蛇非常普通。"他把它放到地面上的一丛灌木下。在我的注视下，它迅速地爬入灌木丛，随即消失不见。

———

一天深夜，一个年幼的阿卡瓦伊男孩跑进村子。他肩上扛着一根吹管，手里拿着一只布袋。

"大卫——你想要这些东西吗？"他害羞地说。

我打开布袋，小心谨慎地窥探着里面的情况。令我惊讶和高兴的是，袋子里面安安静静地躺着几只小小的蜂鸟。我立马捂紧口袋，激动地跑进茅屋，我们有一只用木箱改造的笼子，随时准备迎接任何可能出现的动物。我把这些小鸟一只一只地放进笼子。它们立马飞起来，这令我们感到十分欣慰。它们在空中快速地飞翔盘旋，紧接着急促地悬停后退，站在笼子内壁安装的薄栖木上。

我转向这个一直跟着我的小男孩。

"你是如何抓到它们的？"我问。

"吹管——还有这些东西。"他回复道，并递给我一支飞镖。它的尖头覆盖着一层薄薄的球形蜂蜡。

我再次看向这群蜂鸟。钝镖的轻击只是让它们短暂昏迷过去而已，现如今它们又在笼子里活跃地飞来飞去。

其中的一只是一种异常美丽的生物，体长不超过 2 英寸；我之所以能一眼认出它，是因为即将离开伦敦的时候，我参观伦敦自然博物馆时被那里最精致、最华丽的一副蜂鸟皮迷住了。它的标签是 *Lophornis ornatus*，即缨冠蜂鸟。那只美丽的鸟儿即使只是一个填充标本，也有着摄人心魄的姿态和五彩斑斓的颜色。它那小小的头顶飘扬着短而笔直的橙红色羽冠。在它如针一般细的鸟喙下，翡翠色的颈饰闪耀着彩虹般的光泽，此外，它的两颊处各有一簇黄玉色的羽毛，上面还点缀着翡翠色的斑点。

我现在是既兴奋又沮丧，因为尽管我最想见到的就是这种蜂鸟，但我们认为杰克应该在卡马朗集中精力收集蜂鸟，所以我们来这个村子的时候没有携带任何饲养蜂鸟所需的装备。

蜂鸟主要以吸食森林里花朵的花蜜为生。被圈养的时候，它们比较容易接受用蜂蜜和兑了水的乳精调制的溶液。由于它们只能在飞行时进食，因此喂养它们时需要有一种顶部有软木塞，底部有小水嘴的特殊瓶子，以便它们啜饮这种替代的花蜜。可是，我们没有这样的设备。

现在，天黑了，但是到目前为止，无论我们喂它们什么，这些小家伙就是不吃。我们蹲在吊床下面准备着糖水，希望这种食物能给它们提供足够的能量。除此之外，我们还费劲地在一段竹子上钻孔，把一些用树干做成的小水嘴插在上面，临时制作出饲喂蜂鸟的瓶子。可是，最后成品看起来非常粗糙，我们只好沮丧地上床睡觉。

半夜时分，一场突如其来的暴雨把我们惊醒。教堂的房顶有很多漏洞，我们立马跳下吊床，将所有的设备和蜂鸟笼转移到干燥的地方。那天夜里剩下的时间里，我一直睡得迷迷糊糊，雨水在我身边不停地滴答，最后汇集到地上的小坑里。而我唯一的毯子变得越来越湿。我记得曾听比尔说过，这个季节的天气非常多变；雨季很可能开始得很早，一旦开始，雨可能会连续下上好几天，不会有丝毫懈怠。

第二天早上，雨丝毫没有停歇的迹象，吧嗒吧嗒地敲打着茅屋的房顶和地面，我们非常努力地用自制的喂食器饲喂这些蜂鸟，然而并不成功。我们所做的替代设备太过于简陋，以至于糖水在蜂鸟取食之前就迅速地漏完了。我们知道这些小家伙必须一天进食数次，没有规律的能量补给，它们就像没有水的花儿一样，会很快变得萎靡不振，然后死掉。

经过一番思想斗争，我们最终决定将它们放归自然，但当这些脆弱的小家伙从我们的小屋径直飞向森林时，一直压在我们胸口的大石终于落地了。

我坐在茅屋的门口发呆，查尔斯则在货物和设备之间忙碌着。我透过倾盆大雨看着村庄，在阴沉的天空下，它凄凉无助地蜷缩着。如果这确实是雨季的开端，那我们拍摄马扎鲁尼盆地的计划将要全部泡汤，我们历尽千辛万苦才来到这里，耗费了大量的人力物力，这些也将全部化为乌有。我痛苦地想，要是杰克也能看到我们释放的缨冠蜂鸟和其他蜂鸟，他该多么高兴啊；而我们是多么愚蠢，目光是多么短浅，竟然没有带任何喂食器。

查尔斯坐到我身边。"我发现一些有意思的事情，或许可以让你开心一下，"他说，"第一，我们的糖用完了，你刚刚倒入茶里的是最后一包；第二，我们的开罐器不见了；第三，由于这里的空气太潮湿，我的一只摄像机镜头里长了一大块真菌；第四，我还换不了那只镜头，因为它和底座卡在一起。"

他非常焦虑地注视着雨水。"如果镜头玻璃上长有真菌，"他继续说着，"曝光后的胶片上一定会出现像芥末一样的黄色痕迹。这还不是最严重的，"他凄惨地补充道，"因为它很可能在高温下融化。"

除了等待雨水慢慢消停，我们无所事事。我爬回自己的吊床，非常沮丧地从工具箱里翻出《英诗金库》——我们仅有的几本书中的一本。

我读了一会儿。

"查尔斯，"我说，"你有没有从威廉·柯珀*的作品中受过一些特殊的启发？"

查尔斯的答案粗俗而沉闷。

"你错了，听着。"我说。

---

* 威廉·柯珀（1731—1800），英国著名诗人，浪漫主义诗歌先行者之一。——译注

啊，孤独啊，

圣贤们从你脸上

看到的魅力在哪里？

宁可生活在惶恐之中，

也不要在这可怕的地方称王。

第五章

午夜神灵

我们在瓦拉米普的最后三天，小雨一直淅淅沥沥地下个不停。虽然淡淡的阳光也曾短暂地出现，但是想在如此昏暗的光线下拍出好照片几乎是不可能的，所以我们利用这段时间同克拉伦斯聊天，去温暖的河水里游泳，观察这里人们的日常生活。这样的时光虽然惬意舒适，但是我们高兴不起来，宝贵的时间一天天地流逝，而我们还没有拍摄到乡村生活中许多有趣的方面。

在这儿逗留的第七天，我们开始收拾行装，迎接即将返回的独木舟。克拉伦斯帮我们把防潮布盖在成堆的设备上，以免从屋顶落下的雨滴溅湿它们，就在他忙着展开防潮布时，他说："肯尼思半个小时以后到。"

他如此自信的预测让我一头雾水，我问他为什么可以这么确定。

"我听到发动机的声音了呀。"他说着，被我的问题弄得莫名其妙。我把头伸出房门，仔细听了听，除了雨水拍打森林的沙沙声之外，什么也没有听到。

十五分钟后，我和查尔斯隐约地听到一阵轻微的舷外发动机的声音；半个小时后，正如克拉伦斯所料，独木舟出现在河湾处，光着头的肯尼思冒雨站在舵柄旁。

我们带着遗憾告别瓦拉米普的朋友们，对在卡马朗等着我们的干衣服充满了期待。当我们回去的时候，我们发现杰克度过的这一周，总的来说比我们的更有价值，因为他收集到各式各样的动物。这其中包括数量众多的鹦鹉、几条蛇、一只年幼的水獭，还有几十只蜂鸟，这会儿它们正愉快地从玻璃瓶里取食。之前我们就是因为缺少这种玻璃瓶，不得不放掉缨冠蜂鸟。

接我们回去的飞机将于一周后飞抵因拜马代，我们讨论了这一周的计划。杰克仍然留在卡马朗；我和查尔斯将继续独木舟之旅，希望能在旅程中造访更多的村落。我们询问比尔有什么意见。

"为什么不沿着库奎河前进？"他建议道，"那里不仅人口众多，而且沿岸绝大多数村庄都没有被传教，你们能在那里听到一些'哈利路亚'圣歌。你们乘着这条小独木舟，到达库奎后，沿着马扎鲁尼河向上游航行，开到因拜马代。我们带上所有动物，乘坐大独木舟在那里和你们会合。"

第二天我们出发了，准备在位于库奎河口的库奎金村度过我们探险的第一晚。这次乔治王和一个名叫埃布尔的美洲印第安人陪同我们。小独木舟上堆满了货物，除了食物、吊床、一些新的摄像器材和几只装动物的空笼子外，还有一大堆用来换动物的蓝色和白色玻璃珠。珠子的颜色非常重要，这是我们在比尔的商店里买珠子时他告诉我们的。卡马朗上游的居民非常喜欢红色、粉色和蓝色的珠子，常用它们来制作围裙及其他装饰品。不过库奎河流域的居民相对保守，目前他们只接受蓝色和白色的珠子。

傍晚时分，我们抵达库奎金。如同瓦拉米普村一样，这个村子也是由几间建在森林中的空地上的小木屋组成的。我们下船时，居民们闷闷不乐地站在岸上，一言不发。我们尽可能表现得开心一些，向他们解释我们来这儿的目的，咨询大家愿不愿意用自家饲养的宠物交换珠子。村民们很不情愿地拿出一两只湿漉漉的小鸟，把它们装在脏兮兮的柳条箱子

埃布尔站在独木舟的船头

里，来和我们交换；直到现在他们还认为我们很可疑。自从见识过瓦拉米普热情好客的居民后，他们的表现真是让人觉得不可思议。

"这些人很不开心吗？"我问。

"这儿的首领病得很严重，"乔治王答道，"在床上躺了好几个星期了，巫师——就是看病的人——打算今晚给他施法治疗。所以他们都不是很开心。"

"他是如何施法的？"我追问道。

"这个嘛，巫师会在午夜的时候把住在天上的神灵请下来，为这个首领治病。"

"你能否帮我问问巫师，看看他愿不愿意和我们聊聊？"

乔治王旋即消失在人群中，不久他带回一位三十出头的容光焕发的男子。这位巫师穿着整洁干净的卡其色短裤和衬衫，并不像村民那样，要么穿着破旧的欧式衣服，要么裹着缠腰布和蓝色珠子穿成的围裙。

他面色凝重地看着我们。

我和他解释说，我们来村里拍照和做记录，然后把影像带回我们的国家，并问他晚上我们能不能去降神会参观。

他嘟哝几声，点头表示同意。

"我们能带一盏灯去拍照吗？"我问。他瞪我一眼，非常严厉地说道："任何人在神灵降临小屋时发出光亮——他就会死。”

我立马转移这个话题，拿出我的录音设备。然后，我插上麦克风，把它打开。

“这些东西我可以带吗？”我问。

“什么东西，这是？”他轻蔑地问道。

“听。”我回复道，把磁带倒了回去。

“什么东西，这是？”他刚才说的话从小喇叭中传出来，声音很小。巫师脸上怀疑的表情渐渐消失，他咧嘴笑起来。

“这东西不错。”他对着录音机说道。

“你同意我今晚带上它，是吗？这样它就可以记录神灵的歌声。”我继续询问。

“是的，我同意。”巫师友善地说道，然后转身离开了。

人群散去，乔治王带我们穿过村庄，来到空地边缘的一座空房子。我们卸下设备，挂上吊床。夜幕降临后，我闭着眼睛反复地练习装入和取出磁带的动作。这比我想象中的要难，因为我总是把磁带缠绕在设备的旋钮或支架上。最后，我总算是掌握了在完全黑暗的环境中更换磁带的技能，但是为了保险起见，我还是决定晚上抽着香烟去降神会现场，香烟发出的微弱光线，应该可以帮我解决任何不可预见的困难。

深夜，我和查尔斯在黑暗中穿过寂静的村庄。在多云而无月的夜空的衬托下，茅屋尖锐的轮廓越发显得黢黑。我们走进一座人满为患的大茅屋。一小堆柴火在地板中央燃烧，照亮了蹲在里面的男男女女的脸和身体。在近乎漆黑的房间里，我们只能模糊地看到吊床底部是白色的，不过，我们知道病入膏肓的首领此时正躺在那上面。乔治王坐在我们旁边的木地板上。一个上身赤裸的男人紧挨着他，我们认出此人就是那个巫师。他手里拿着两根带着叶子的大树枝，身边放着一只小葫芦，后来我们才知道那里装的是烟叶汁。

我们在他旁边坐下。按照计划，我带来一根点燃的香烟，不过巫师立刻发现了它。"这样非常不好！"他咄咄逼人地说道，我只能老老实实地把香烟丢在地板上踩灭。

巫师用阿卡瓦伊语发号施令；房屋正中的篝火旋即熄灭，紧接着有人在门口挂上了一块毯子。我周围坐着的那些人隐入黑暗之中，房间里一片漆黑。我小心翼翼地摸索着，找到面前录音机上的开关，确保在降神会开始时能立刻打开它做记录。我听见巫师清了清嗓子，然后用烟叶汁漱了漱口。紧接着，房间内响起树叶的沙沙声。这种怪异的声音变得越来越大，像鼓声一样，等到声音最大的时候，它转变成一种有节奏并伴有催眠效果的敲击声，在房屋里萦绕。这时房屋里突然响起巫师的吟唱，圣歌盖过了树叶发出的嘈杂声。

坐在我身后的乔治王在我耳边轻轻地说："巫师正在邀请卡拉瓦里神下界。他就像一根绳子，其他神灵需要借助他下来。"十分钟后，这场邀请告一段落。周围一片寂静，只有我身边的人粗重的呼吸打破了这样的沉寂。

一阵沙沙声从高处的屋顶传来，声音越来越近，也随之越来越大，地板突然发出"砰"的一声，沙沙声戛然而止。停顿——漱口——紧接着又是一阵沙沙声。这时，一个略显做作的假声开始吟唱。这个声音想必是那个卡拉瓦里神的。歌声持续了几分钟，忽然，昏暗的夜色被灰烬中迸出的小火苗划破。在火苗短暂的光亮中，我看到巫师仍坐在我的身旁，他双目紧闭，面容狰狞，额头上布满汗珠。火光几乎瞬间熄灭，但它打破了紧张的气氛，吟唱声和沙沙的窸窣声戛然而止。我左手边的两个男孩不安地小声议论着。

树叶的沙沙声再一次响起。"刚才的火光吓到了卡拉瓦里神。"乔治王低声地给我解释道，"他不会再降临了。巫师正尝试着邀请卡萨马拉神。他看起来像一个男人，而且随身带着绳梯。"

吟唱声继续，在黑暗中我们再次听到一阵窸窣声从屋顶传来，越来越近。又是一次漱口——这时屋子里响起一阵洪亮的阿卡瓦伊语宣言，一个小女孩在我们右侧某个地方以相当尖刻的语气回应了它。

"他们在说什么？"我在漆黑的环境里问乔治王。

"卡萨马拉神说他正在努力。"乔治王小声地说，"但是首领必须要付出高昂的代价；那个小女孩说，'只有让他好起来，他才会付钱'。"

树叶开始剧烈地摇晃，好像移到了首领躺着的吊床附近。紧接着几位村民开始吟唱，有个人拍击地板，打着节拍，直到神曲结束，窸窣声越来越远，最终消失在屋顶。

另一位神灵降临了——更多的漱口——更多的吟唱。黑暗的小屋里，闷热的空气和身体的汗臭味几乎让我窒息。每隔几分钟我就要给录音机更换磁带，不过这些神曲听起来好像都差不多，所以我并不打算全部录下来。大约一个半小时后，我们起初的敬畏开始减少。坐在我身边的查尔斯向我耳语道："我想知道，如果你现在把磁带倒回去，让第一个神灵重现，会发生什么事？"

我并不愿意去做这个尝试。

降神会又持续了一个多小时——神灵们一个接着一个从屋顶降临，在首领的吊床旁唱着各自的神曲，随后离开。绝大多数神曲都是用腹语唱出来的，不过最后一个到达的神灵却与众不同，他以一种"干呕、吞咽"的方式演唱，听上去异常恐怖。乔治王小声地说："他是丛林戴戴。这个从山顶来的哽咽男人是一个法力无边的神。"

气氛变得紧张而压抑，充满炙热的情感。坐在几英尺外的巫师变得异常狂热，即使漆黑一片，我也能感受到从他身体里迸发出的热量。粗犷的歌声持续几分钟后戛然而止。又是一阵令人窒息的沉默，我在黑暗中焦急地等待着，不知道接下来会发生什么。显然，降神会的高潮来了。他们会用动物献祭吗？

一只湿热的手突然握住我的胳膊。我吓得猛地一哆嗦，但是在黑暗里我什么也看不见。一个男人的头发扫过我的脸。我断定那人一定是巫师，我突然想到，离我最近的白人是40英里外的比尔和杰克。

巫师在我耳边用嘶哑的声音说："一切都结束了。我要去喝水！"

第二天早上，一个由巫师率领的村民代表团来拜访我们，现在他又穿戴整齐，满脸笑容了。他走到我们小屋的树皮地板上——那地板高出地面12英寸——然后坐了下来。

"我过来听听我的神灵。"他说。

村民们紧随其后，进入茅屋，围着录音机坐成一圈。不过，屋里容不下这么多好奇的村民，没进来的那些听众聚在门口，站成一个半圆形。

我把喇叭连到录音机上，然后开始播放磁带。巫师非常高兴，降神会上的神曲在阳光下播出，迎接它的是赞许的喘息声、轻推声、唏嘘声，以及紧张的笑声。每首神曲播完后我会关上录音机，记录巫师和我说的神灵的名讳，以及他们的外貌、起源和法力。有的神灵被赋予了可怕的神力，不过也有一些神灵只能应付小灾小病。"朋友，"巫师对一首歌尤为欣赏，欣喜若狂地说，"这个对治疗咳嗽很有效！"

我一共录了九首神曲。最后一卷磁带播完后，我关上录音机。

"剩下的那些在哪里？"巫师焦急地询问道。

"恐怕这台机器在黑暗中弄虚作假了，"我解释道，"所以没有录下所有的歌曲。"

"但是你没有录下最有神力的一首，"巫师极其不耐烦地对我说，"你没有录下阿瓦维和瓦塔比亚拉，他们都是能带来好运的神灵。"

我又一次向巫师道歉，他的情绪才稍稍缓和。

"你想见到这些神灵吗？"他问道。

"想，非常想，"我说，"但是，我想没有人可以看到他们，而且他们只会在深夜降临到小屋。"

巫师自信地笑了笑。

"在白天，"他说，"他们有着不一样的外貌，我把他们埋在我的屋子里。等我一会儿，我去把他们拿来。"

他拿着一团包好的纸回来了，在树皮地板上坐下来，小心翼翼地打开包裹。那里面是一些光滑的小鹅卵石。他一块接一块地把它们递给我，告诉我每一块石头的身份。一块是石英石质的石片，一块是长棍状的凝结物，还有一块上面有四个奇怪的纹饰，巫师解释说，那是神灵的四肢。

"我把他们藏在房间里一个非常隐秘的地方，他们都是法力无边的神灵，一旦被其他巫师获得，他们就会用这些神灵杀死我的。这个，"他严肃地说，"是非常非常不好的一个神灵。"

他递给我一块毫无特色的小鹅卵石。我怀着敬畏之心仔细地端详一番，又把它递给查尔斯。不知怎的，我俩之间漏接了，鹅卵石掉到了地板上，消失在树皮地板上的一条裂缝中。

"他是我最重要的神灵！"巫师气急败坏地哀号。

"别担心，我们一定能找到它。"我挣扎着站起来，略带迟疑地说道。我穿过一群目瞪口呆的村民，钻进小屋与地面之间的空隙，趴在地上仔细地寻找。地面上铺满了碎石，而且我视线所及的地方几乎盖满了鹅卵石，每一块都像那块神灵化身的石头。

查尔斯跪在我上面的地板上，把一根小树枝插在那块珍贵的鹅卵石消失的地方。我仔细在标记下方的地面上寻找，但似乎没有什么可供选择的鹅卵石。我随手捡了一块塞过缝隙，递给查尔斯，他又把石头递给巫师。

"不是这一块。"巫师冷冰冰地说道，不屑地把它扔到一边。

"别担心，"我在地板下大声地说，"我一定会找到它。"我又递过去两块候选的石头。它们受到了同样的待遇。接下来的十分钟里，我们递过去几十块小石头。最后，他接受了一块，勉强地咕哝道："这是我的神灵。"

我爬出空隙，重新回到阳光下，衣衫褴褛，满身尘土。村子里的人似乎和我们一样松了一口气，因为神灵终于找到了。我坐在那里思考着，我们是真的归还了正确的石头，还是说巫师决定接受一块普通的鹅卵石，以免村民们认为他失去了最有力的武器之一，他会因此丧失自己的威望。

巫师小心翼翼地把这块鹅卵石和其他石头一起包进纸里，然后走回他的小屋，把它们重新埋了。

那天下午我们离开村庄，继续我们的库奎之旅。首领的身体是否恢复，我们一无所知。

几个星期以前我们第一次见到乔治王时，他狰狞的面孔让我们误以为他是一个脾气暴躁、动辄就会发火的人，他确实也没有让我们喜欢上他，那是因为他索要礼物这一令人恼火的习惯。如果查尔斯拿出香烟，乔治王就会伸出手，霸道地说"谢谢你的香烟",然后欣然接受这份"礼物";在他看来这不是一种恩惠,而是理所当然的。这总是导致香烟被普遍分发,也就意味着在旅程结束之前,不可避免地会出现香烟短缺的现象,因为我们出发前已经细致、精确地计算过,以确保我们的行李控制在最低限度。不过,我们在接下来的几天里逐渐地意识到,在美洲印第安人的认知里,财富是共享的:如果有一个人拥有其他同伴所没有的东西,那么他应该分享这些东西。如果食物短缺,那么我们应该和独木舟上的每个人一起分一罐牛肉;如果我们愿意,美洲印第安人会给我们一些木薯面包,以此作为他们的回报。

随着我们对乔治王的了解逐渐深入,我们越发觉得他是一个富有魅力且和蔼可亲的同伴。他对河流的情况了如指掌,简直就是一本活字典。不过,我们之间偶尔也会出现一些问题,那就是我们无法准确地表达各自的想法,由于乔治王只能说一点混杂英语,他说的和我们理解的并不一定是同一件事。"一小时"对乔治王来说,显然是一段模糊不清的时间,如果我们问他,从岸边走到大坝后的村庄需要多长时间,他会这样回答:"嗯,伙计!大概一小时!"小时这个时间单位在他那儿从来没有被分割或者翻倍过,他的"一小时"有时是十分钟,有时是两个半小时。当然,这完全是我们的错,我们不应该问乔治王"需要多长时间"这样的问题,因为我们的时间单位对他来说毫无意义。

如果问他"还有多远"，可能会更令人满意一些。他的答案通常会在"嗯，不是太远"（很可能表示一个小时的路程）和"伙计，非常非常远"之间切换，"非常非常远"则意味着，我们在一天内到不了那个地方。不过，我们很快就知道了"点"是最准确的评估距离的方法。乔治王所说的一个"点"指的就是一道河湾，但是想要把"九个点"转换成时间，还需要一些地理知识，因为在靠近河口的地方，有时笔直的河道会长达数英里，而上游的河水每隔几分钟就会有一个急转弯。

乔治王总是乐于助人，想方设法地满足我们的要求，尽管有时会适得其反。

"你觉得我们今晚有可能到那个村子吗？"我记得有一次我这么问他，说话的语气明显暗示出我希望可以那样。

"是的，伙计，"他回答道，"我认为今晚我们一定能到那里。"他的脸上洋溢着令人振奋的笑容。

夕阳西下，我们仍在河流上的无人区行进。

"乔治王，"我严肃地说，"村庄在哪里啊？"

"呃，还有非常非常远的路程！"

"但是你刚刚说，我们晚上可以到。"

"是的，伙计，我们已经尝试了，不是吗？"他用一种受到伤害的语气说道。

我们沿着库奎河往上游行驶的时候，河里到处都是倒下的树。其中一些障碍物只占据部分河道，我们可以绕过它们；还有一些树干非常长，就像桥一样横跨河流两岸，我们可以从那下面驶过。然而有时候我们也会遇到几乎全部浸在水中的大树，这样我们就无法避开了。这时，乔治王会把油门开到最大，在最后一刻关掉发动机，利用惯性把螺旋桨从水里甩出来，这样既可以避免它被河水里的树缠绕住，也能让独木舟越过一半的障碍物。然后我们不得不爬出来，在光滑的原木上保持平衡，在水流拖拽我们的脚的情况下，把船拖到另一边。

我们每隔几英里就会在小定居点停下来寻找动物。我们到访的每个地方都有一些被驯化的鹦鹉，它们或是在屋檐上跳来跳去，或是背着翅膀暴躁地在村子里蹒跚散步。这里的印第安人和我们一样，非常喜欢它们艳丽的羽毛和模仿人类说话的能力，而且，当我们到达时，阿卡瓦伊的鸟儿常常会对我们尖叫。

成年鹦鹉通常难以捕捉和驯服，所以阿卡瓦伊人会饲养从森林中的鹦鹉巢穴里捕捉的幼鸟。在一个村子里，一个妇女送了我们她刚刚捉到的一只雏鸟。这是一只极具吸引力的小鸟，有着棕色的大眼睛，一张大得离谱的嘴，几根脏兮兮的、从它裸露的皮肤上刺出的羽毛。我无法拒绝这样一只有魅力的生物，但是我如果接受了，就不得不去学习如何喂养它。那个女人笑嘻嘻地告诉我应该如何去做。

首先，我在嘴里咀嚼一些木薯面包。当这只小鸟看到我这样做的时候，它变得异常兴奋，拍打着它那没有羽毛的粗壮翅膀，热情地上下摇晃着它的头，等待着即将到来的食物。接着，我把脸靠近它，它毫不犹豫地把张开的小嘴伸进我的嘴里。然后，我用舌头把咀嚼过的木薯面包送到它的喉咙里。

这种饲喂方式看上去非常不卫生，但是那个妇女告诉我，这是唯一能让鹦鹉雏鸟吃东西的方法。幸好，我们这只鹦鹉

鹦鹉雏鸟

已经足够大，只要再过一周，它就能自己吃一些软糯的香蕉了；那时我们就不需要每隔三个小时咀嚼一次木薯面包来喂它了。

抵达河流源头的村庄皮皮里派之前，我们已经用珠子换了好几只金刚鹦鹉、唐纳雀、猴子、陆龟，以及一些罕见的羽毛艳丽的鹦鹉。交换的所有动物中，最令人意外的是一只西貒的亚成体，这是南美洲的一种野猪。我们用很少的蓝色和白色珠子就从它的主人那里把它买到了手，可是他似乎对此还非常满意。当时我们还不明所以，不过很快我们就知道这是为什么了。

我们其实并不想要这只西貒，这不仅是因为它体型巨大，而且我们也没有适合它的笼子；但是鉴于它非常温顺，我们幼稚地决定用细绳子把它拴在独木舟前端的横木上。然而这比预想中的要困难得多，总的来说吧，西貒从肩膀到吻部逐渐变细，根本没有一根绳索能把它拴住。后来，我们把绳索拴在了它的肩膀和前蹄之间。我们认为这样就可以阻止它糟蹋船里的其他东西。然而，胡迪尼*——不久之后我们开始这样称呼它——似乎并不同意这个观点，刚一起程它就抬起前蹄，一次一只，非常轻松地从绳套里钻出来，然后大摇大

---

* 意为善于逃跑的人。——译注

摆地往船尾走去，享受我们打算作为晚餐的菠萝。我们不情愿地停了下来，重新把它牢牢拴住。我们今晚必须抵达皮皮里派，而且我们的发动机总是像乔治王所说的那样"虚张声势"，所以在接下来的一个小时里，我尽了最大努力，紧紧地抱住胡迪尼那长满刚毛的身体，阻止它的探索。

一只温顺的大凤冠雉

最后，我们终于抵达了皮皮里派。这个村庄距河岸大约有十分钟的路程，是迄今为止我们见到过的最原始的印第安人定居点。所有的男人都围着腰布，女人们则穿着珠子穿成的围裙。他们简陋的小屋摇摇欲坠，可以看出建造时一点也没用心。其中一些小屋没有围墙，所有的茅屋都直接建在干燥的沙地上，并不像库奎金的房子那样铺设地板。和在其他村子一样，乔治王在这里好像也有几个亲戚，为此我们受到了热烈的欢迎。这里除了有鹦鹉之外，我们还看到一群趾高气扬的大凤冠雉在屋子周围踱步。它是一种和火鸡差不多的鸟，长着蓬松的黑色羽毛、卷曲而帅气的冠羽，以及亮黄色的鸟喙。我们了解到它注定逃脱不了被烹煮的命运，不过，村民们发现了那些让他们无法抗拒的蓝珠子，所以高兴地用它和我们交换了六把珠子。

由于村子里没有闲置的房屋，我们和乔治王、埃布尔不得不把吊床挂在一座住着十口人的茅屋里。就在查尔斯准备晚餐的时候，我一边轻抚着胡迪尼，一边阴险地将一套精心制作的新绳索套在它的肩膀和前蹄之间。紧接着我把它拴在村子中间的一根柱子上，并在它的脚下放了一个菠萝和一些木薯面包，告诫它好好地躺着，老老实实地睡觉。

那个夜晚真是糟糕透顶。乔治王很久没见过他的亲戚了，所以和他们一直闲聊到深夜。大约午夜时分，一个小孩突然哭闹起来，众人安抚半天，孩子也没有消停。后来，一个男人从吊床上爬起来，再次点燃房屋中间的篝火。最后，我总算是睡着了，可是我闭上眼没多久就被乔治王晃醒了，他在

皮皮里派一间茅屋的内景，当时我们和一个十口之家住在一起

我耳边小声地说道："那头公猪，松了。"

"等天亮的时候，我们再抓住它。"我嘟囔了一声，翻个身继续睡觉。刚刚哄好的孩子又继续号哭起来，另外，一股显然是猪身上发出的臭味钻进我的鼻孔。我睁开眼睛，发现胡迪尼正在房屋的柱子上蹭它的背。显然，如果不把它重新拴起来，所有人都别想睡个安稳觉。我疲倦地把腿从吊床上抽出来，轻声地叫醒查尔斯，请他帮忙一起逮住胡迪尼。

接下来的半个小时，胡迪尼不是跑进跑出，就是绕着小屋慢跑，我和查尔斯半裸着，光着脚跟在它后面追。后来，它总算被套住，我们把它重新拴在柱子上。胡迪尼成功地把村子里所有的人都吵醒了，它现在显然非常满意，用它的下颌在地面上拱了一个洞，把菠萝夹在前蹄之间，然后趴在了地上。安顿好它之后，我们回到吊床上，努力在黎明到来前睡上几个小时。

顺流而下的返程则一路顺利。我们用树皮把小树苗捆在一起，建了一只装西貒的大笼子，它刚好可以卡在船的前舱。开始的半个小时里，胡迪尼的表现堪称完美；我们用绳子拴住大凤冠雉的爪子，此时它正安静地趴在罩在设备上的帆布上；小鹦鹉和金刚鹦鹉在我们耳边友好地尖叫着，卷尾猴们则坐在木笼子里，深情地整理着彼此的毛发。我和查尔斯背着阳光躺着，望着万里无云的蓝天，看着绿色的树枝在我们身边掠过。

　　但是，这样的平静并没有持续多久，很快我们就遇到了一堆难缠的原木。我们爬到船外，低着头把船拖过浸在水里的树干。这对胡迪尼来说是一个千载难逢的机会。我们还不知道，它已经把笼子里两根较低的木条咬断了，不一会儿它就从独木舟上跳了下来。我紧随其后跳到水里，这一跳差点掀翻我们的小船。游了一段距离后，我终于抓住了它的脖子。它声嘶力竭地踢打着，叫喊着，最后还是被我关进它咬坏的笼子里。我脱下湿透的衣服，把它们晾到帆布上，与此同时，查尔斯开始修理被西猫咬坏的笼子。显然，胡迪尼对刚刚的游泳非常满意，还打算再来一次。剩下的旅程中，我们中的一个不得不坐在笼子旁看着它，只要见到它把笼子拱松，就立马把笼子系紧。

　　我们到达贾瓦拉时已是深夜，这里是乔治王的故乡，位于库奎金上游半英里的地方。我们把胡迪尼拴在一根特别长的绳子上，把其余的动物安置在一间闲置的小屋里，然后在那里度过了一宿。

　　第二天是我们返回因拜马代前的最后一天。大多数村民外出狩猎已经一个礼拜了，不过，乔治王告诉我，他们明天就会回来，并在感恩节唱"哈利路亚"圣歌。

　　我们听到的许多故事都与这种特别的宗教相关，它是南美洲这一地区所特有的一种宗教，正如其名字暗示的那样，它起源于基督教。19世纪末，一位来自稀树草原的马库西人遇到了一位基督教传教士。在返回部落后，他宣称在天空的高处拜访了一位名叫帕帕的伟大神灵。帕帕说他需要通过祈祷和布道来表达对神灵的崇拜，并让他返回马库西部落宣扬新的宗教信仰，这就是后来所谓的"哈利路亚"教。周边部落也接受了这个新的宗教信仰，到20世纪初，哈利路亚信仰已经从马库西部落传到了帕塔莫纳、阿雷库纳和阿卡瓦伊部落——这都是说加勒比语的部落，彼此也很相似。传教士显然没有注意到这种宗教的基督教起源。他们谴责这些信徒为异教徒，不遗余力地抵制他们。毫无疑问，当新的"哈利路亚"先知宣称，帕帕预言白人很快会来这里布道，并且提供与他们自己的宗教相矛盾的版本，就像前几次发生的那样，基督教传教士们的反对更加强烈了。通过分析传教士们的激烈的敌意，我们猜测这个宗教一定保留了大量的美洲印第安人的原始宗教信仰，我们想知道猎人回来后会发生什么事——是改良的基督教礼拜，还是野蛮粗暴的仪式。

我们问乔治王能不能记录这个仪式。他说可以，我们便安顿下来，等待着。

午餐后，我们看到远处有一条树皮制成的独木舟正顺流而下。我们觉得这可能是第一批返回的猎人，于是漫步到码头迎接他们。

独木舟停靠在岸，我们看到一个不可思议的身影沿着小路朝这边走来，我们惊讶地眨了眨眼。根据我们打听到的情况，我们应该看到一个身着传统服饰，身材苗条、体态轻盈的印第安人。然而，我们看到的却是一个老人，他下身穿着一件蓝色亚麻短裤，上身穿着布满亮片的运动衫（上面大胆地点缀着代表特立尼达钢鼓乐队的多色图案），头戴一顶装饰着白色羽毛的提洛尔式毡帽。这位身穿奇装异服的老人咧嘴笑了笑，把手伸进了他的蓝色裤子里。

"有人说你们想看'哈利路亚'舞。在我跳舞之前，你们能付多少钱？"

还未等我开口，我身边的乔治王就开始愤怒地用阿卡瓦伊语回应他了，双臂还不停地比画着。我们从未见乔治王如此激动过。

那个老人摘下帽子，紧张地把它拧在手里。乔治王怒气冲冲地逼近他，老人悻悻地转身往独木舟走去，毫不迟疑地爬上船，落荒而逃。

乔治王气喘吁吁地回到我们身边。"伙计，"他真诚地说道，"我告诉那个烂人，在这个村子里，我们唱'哈利路亚'是为了赞美上帝；如果他是为了钱来唱歌，那就不是真的'哈利路亚'，我们根本不需要他。"

下午，狩猎的队伍回来了。他们把成堆的熏鱼、拔过毛的鸟、熏成褐色的貘肉装在篮子里，背在背上。一个男人在肩膀上扛了一支猎枪，其他人则拿着吹箭筒、弓和箭。他们静静地走到村庄里的主屋前，没有和包括乔治王在内的任何人说话，主屋的地板已经刷好并洒上了水，迎接他们归来。他们把猎物拿进房屋，堆在中央柱子的四周。接着，他们又安静地走出房屋，沿着小路向河边走了50码。他们在那里排成三个纵队，吟唱圣歌。伴着舒缓而有节奏的旋律，他们两队在前，一队殿后，列队朝着小屋走去。队首的三个年轻人负责领唱，他们每隔几分钟就转过身，面向队伍里的舞者。他们的队伍沿着小路缓慢地向前，弓着腰，跺着脚，以此突出他们吟唱的节拍。进入房屋后，他们立刻改变吟唱的歌曲和节奏，手挽着手，围着熏鱼和肉站成一圈。村里的妇女偶尔也来到茅屋这边，加入仪式，站在队伍的最后。他们哼唱三音符圣歌时，我好几次听到"哈利路亚"和"帕帕"这两个词。乔治王盘腿而坐，若有所思地拨弄着尘土中的小棍子。圣歌结束得相当随意，歌手们个个心不在焉，或是看着天花板，或是打量着地板。忽然，那几个带着队伍行进的男人再次唱起来，所有人重新排成一个整齐的队列，每个人把右手搭在身边人的肩膀上。十分钟以后，歌手们跪下来，齐声做了一次简短而庄严的祈祷。然后他们站起来，背枪的男人走过去和乔治王握了握手，给他点燃一根烟。"哈利路亚"仪式结束，尽管感觉很奇怪，但是它真挚的情感让我们印象深刻。

今夜将是我们在印第安人定居点度过的最后一晚。我辗转反侧，难以入眠。临近午夜，我跳下吊床，缓慢地穿过月光下的村庄。在一座圆形的大房子旁，我听到了说话的声音，透过木头墙的缝隙还看到闪烁的灯光。我停在门口，听到乔治王说："大卫，如果你想加入的话，我们非常欢迎。"

我弯腰走进去。一堆篝火照亮了屋子，也照亮了熏黑的屋顶横梁，几十只巨大的葫芦摆放在地板上，形成一道道美丽的曲线。吊床纵横交错地挂在柱子上，男人们和女人们惬意地躺在上面；其他人则坐在刻画有龟甲纹饰的木质工具上。这时，一个穿着珠子围裙的女人站起来，优雅地横穿房间，火光在她身上留下斑驳的黑影。乔治王斜倚在吊床上，右手拿着一个类似蚌壳的东西，绳子穿过铰链，把它的两半绑在一起。他若有所思地摸着自己的下巴，直到摸到一根坚硬的髭须。他合上那东西，牢牢地夹住那根须发，把它拔出来。

准备录制"哈利路亚"圣歌

　　小屋里萦绕着阿卡瓦伊语的交谈声。一个男人蹲在地上，用长长的木棍搅动着身旁巨大的葫芦，然后把里面的粉红色块状液体倒进一只小葫芦，小葫芦在大家手中不停地传递着。这种液体，我知道，是木薯酒，我曾经看过它制备的方法。它的主要成分是煮沸的木薯粉，还添加了一些甜西红柿和木薯面包，不过木薯面包需要由妇女们来嚼碎。据说，掺入口水有助于这种酒水发酵。

　　很快，小葫芦在我身旁的人群中传递了一圈，最后传到我手上。我想，如果拒绝它，一定是极其不礼貌的行为，但与此同时，它的制作方法又在我的脑海中挥之不去。我把葫芦举到嘴边，当闻到那种如呕吐物般的酸味时，我的胃便翻江倒海。我开始喝酒，我意识到如果让我再尝一口，我很可能控制不住自己的胃，所以我把葫芦放在嘴里，一饮而尽。我如释重负，把空葫芦递了回去，有气无力地笑了笑。

乔治王从吊床上探出身子，赞许地笑了。

"对，就是你！"他叫掌管葫芦的男人，"大卫喜欢木薯酒，一口喝完了。再给他添一碗。"

很快，一只盛满木薯酒的葫芦又递给了我。我尽可能快地把酒倒进我的喉咙。第二次喝的时候，我强迫自己忽略那令人作呕的气味，虽然木薯酒非常黏稠，还有沙子，但是那苦中带甜的味道倒不是那么令人不快。

接下来的一个小时，我一直坐着听他们聊天。这场面实在是太棒了，我很想跑回小屋，拿相机记录下这一切。不知怎的，这样的想法令人反感，它似乎践踏了乔治王和他的同伴们对我的盛情款待。我心满意足地坐在茅屋里，直到凌晨。

第六章

马扎鲁尼的水手号子

从马扎鲁尼回来后，乔治敦好像变得更具魅力。我们可以在这里尽情地享用大餐，再也不用忍受从罐头里倒出的食物和自己烹饪的黑暗料理；可以平躺在盖着雪白的床单的床铺上，再也不用蜷缩在吊床上，忍受那些从工具箱底翻出来的又湿又皱的毯子。尽管如此，我们还是有忙不完的工作：购买新鲜的补给品，为新行程制订计划；把拍好的胶卷分类、重新包装和密封，然后寄存在城市冷库的冷藏室里。沿路捕捉的动物也需要转移到大一点的固定笼舍里，不过蒂姆·维纳尔早已将笼舍准备就绪，剩下的一些动物需要送到我们寄养大食蚁兽的乔治敦动物园，胡迪尼和大凤冠雉也即将成为那里的临时"房客"。

我们的新旅程非常遥远，目的地位于亚马孙盆地的最南端。两个传教士在那儿的一个原始而又有趣的印第安人部落里传教，并与当地人一起生活。如果不考虑花六周的时间穿越丛林的话，搭乘水陆两用飞机是我们抵达那儿的唯一途径；根据事先与传教士的约定，飞机将降落在距离部落有50英里的地方，他们会安排搬运工和独木舟在那里迎接我们。当然，这只是我们的计划而已，我们发现这两个用无线电与乔治敦联系的传教士已经失联了三周，这让我们非常沮丧。他们的通信设备一定是坏了，所以没办法通知他们我们的到来。没有向导，没有搬运工，没有任何交通工具，如果就这样毫无准备地着陆，无异于自我流放到荒无人烟的森林。

不过，我们的脑海中已经开始酝酿一个替代方案。一家采矿公司的经理给我们留下简讯：他们在这个国家北部的阿拉卡卡地区有一处勘探营地，营地周边森林的动物资源异常丰富，不仅如此，营地里还有一些已经被驯化的动物，如果我们想要，他愿意无偿赠予我们。

我们在地图上了解到，阿拉卡卡位于巴里马河的源头，这条河的流向与圭亚那北部边境线基本重合，向西北注入奥里诺科河口。我们在地图上还发现了两个重要的线索。第一，代表机场的小红点标注在"埃弗拉德山"旁，位于阿拉卡卡河下游50英里的地方，这表明我们乘坐水陆两用飞机至少可以到那里。第二，一簇红色的圈圈沿着巴里马河南岸一字排开，也就是说那里有很多小金矿；根据这个信息，我们推断沿河一定会有很多的船，找一条愿意把我们从埃弗拉德山送到阿拉卡卡的船应该很容易。

我们进行了更详细的调查。航空公司告诉我们，接下来的两周时间内，只有明天可以不受限制地租下一整架两用飞机；码头那边的消息则是，一艘客船将在十二天后从巴里马河口的一处小定居点莫拉万纳返回乔治敦。如果我们决定出发，明天是我们唯一的选择。可是，我们又联系不上矿产公司的经理了，无线电话是他与乔治敦办公室唯一的联系手段，不过只能由他打电话给办公室，而办公室却联系不上他。我们留下一条简讯，好在他下次来电话的时候告诉他，我们将在三四天之内抵达阿拉卡卡。我们预订了几张"斯斯塔彭号"的返程船票，并租了一架水陆两用飞机。

第二天，我们坐上飞往埃弗拉德山的飞机，飞行中我们一直在考虑，行程如此仓促，我们能否顺利地抵达阿拉卡卡，又能否在合理的时间内返回乔治敦。飞了一个小时后，飞行员转过头朝我们大喊。"那座山，"他的尖叫声盖过发动机巨大的轰鸣声，"是这一带最好的一座山！"他指了指下面一座高出海岸上的森林大约50英尺的小鼓包。巴里马河沿着它的一边流淌，几幢小房子聚集在山脚下。飞行了70英里，我们头一回见到房子。

飞行员驾驶着飞机飞向一处陡峭的堤岸，准备在河水中降落。

"我希望下面有人，"他大声地咆哮着，"如果没有人，飞机就不能固定住，也没有小船接你们上岸，我们只能再次起飞，从哪里来，回哪里去。"

"他说得可真是时候！"查尔斯低声说。

飞机战栗着降落在水面上，透过舷窗外飞溅的水花，我们看到码头上站着一群男人。最终，我们可以登岸了。飞行员关闭发动机，让男人们把独木舟划过来。我们卸下所有的装备，然后把船划到岸边。飞机在一阵轰鸣声中再次起飞，用它倾斜的机翼祝我们一切顺利，然后消失了。

埃弗拉德山的定居点仅有六座茅屋，它们环绕着码头上的锯木厂。它附近的一条滑道上，堆着一堆巨大的、裹满泥土的树干，这些是在河流上游砍伐的树干，它们顺着河水漂流到这里的锯木厂。码头的地面上覆盖着一层粉橙色木屑。锯木厂的工头是一个东印度人，他对于从天而降的我们并不感到惊讶，简单而礼貌地打了个招呼后，就把我们带到一间空着的房子，告诉我们可以在那里度过一宿。我们再三谢过他，又问他第二天早上有没有开往阿拉卡卡上游的船。他摘下棒球帽，挠了挠头。

"没有，"他说，"我认为没有。'巴林·格朗号'是这儿唯一的一艘船。"他指了指停在码头上的一艘船帆被卷起的单桅杆大船。"明天它要把木材送到乔治敦，至少两三天以后才能回来。"

我们在小屋里安顿下来，做好长期等待的准备。黄昏时分，我们吃完晚餐，往河边走去。走到"巴林·格朗号"时，船长热情地和我们打招呼。船长是一个肌肉发达的非洲人，年纪比较大，穿着满是油污的衬衫和长裤，背倚着桅杆，惬意地躺在甲板上。我们接受他的邀请登上甲板，看到还有三位来自加勒比的船员正坐在船长周围，享受着夜晚带来的凉爽。我们加入他们，谈了谈我们接下来在巴里马河流域的打算，他们接过话茬，与我们分享了他们在这里的生活：他们把加工好的木板送往乔治敦，然后从那边带一些生活物资返回锯木厂。

他们不说圭亚那混杂英语，而是说一种掺杂着加勒比方言的英语，喜欢用一些不常见的词语，不过选择和使用得挺合理，这让加勒比式英语对话显得特别有意思。我结束斯里兰卡之行回到英国后，给BBC提供了大量击鼓和吟唱的录音，BBC的素材库致力于收藏来自全世界的传统音乐录音。我想这是一个很好的机会，我可以收集一些加勒比地区的卡利普索民歌*。

"你们知道一些古老的海洋民歌吗？"我问道。

"水手号子？那当然，伙计，我知道很多。"船长说，"其实，我的艺名是'魔鬼爵士'，一个恶魔。我之所以起这个名字，是因为当我喝上一些带劲的烈酒时，我就变成另一个人——一个魔鬼般的人。还有大副，他知道的歌曲更多，因为他在丛林里工作的时间比我久。他的名字是格兰德·斯玛什。你是想听一些水手号子吗？"

我表示非常想听，不仅如此，我还想录一段他们唱的内

---

* 卡利普索民歌，起源于西印度群岛的一种音乐形式，由独唱歌手即兴编出歌词，对社会现实、政治事件或各种要人进行诙谐的讽刺。——译注

容。魔鬼爵士和格兰德·斯玛什低声地讨论了一会儿，然后转向我。

"没问题，先生，"魔鬼爵士说，"我们可以唱。但是你也知道，先生，如果没有一些助兴的东西，我可能记不起一些好听的歌曲。你有美元吗？"

我拿出两美元。魔鬼爵士微笑着，礼貌地把钱接了过去，然后叫来一名船员。

"拿着这些，"他一本正经地说道，"去向锯木厂的卡恩先生致以'巴林·格朗号'诚挚的问候，然后暗示他，"他声音的变得越来越小，"我们需要大量的朗——姆——酒。"

他咧嘴朝我一笑。

"只需喝上一点够味儿的烈酒，我就会变成一个强大的歌手。"

在等待助兴的酒时，我架好了录音设备。然而五分钟后，那个甲板手满脸沮丧地空手而归。

"卡恩先生，"他说，"没有朗姆酒。"

魔鬼爵士翻了个白眼，发出一声深沉的叹息。

"那就不得不换一种替代'燃料'了，"他说，"去让卡恩先生准备两美元的深红葡萄酒。"

信使带回一大堆瓶装酒，把它们一排一排地摆在甲板上。

格兰德·斯玛什拿起一瓶，厌恶地看着它。酒瓶花里胡哨的标签中间，不伦不类地画了一堆柠檬、橘子和菠萝，颜色极其艳俗。画面上方印着几个大写的红色字母"RUBY WINE"，图案下方则非常谨慎地标着一行黑色的小字——"港口类型"。

"唱出好歌之前，我们可能会喝很多。"他抱歉地说。

他打开软木塞，把酒瓶递给魔鬼爵士，然后自己又拿起一瓶。空气中弥漫着一股殉道般的氛围，他们勇敢地尝试着助兴的酒水。

魔鬼爵士用手背擦拭一下嘴，然后清了清嗓子。

　　从小我就知道，

　　我一点也不喜欢被他们称作"工作"的东西。

　　看，我爷爷死了，在去工作的路上；

　　看，我奶奶死了，在工作回来的路上；

　　还有我叔叔，看，他死了，在工作的卡车上。

　　所以我不知道是哪个该死的让我去工作。

我们热烈地鼓掌。

"我知道一些比这更好的歌，先生，"他谦虚地说，"但是，我现在记不起来了。"

他又打开一瓶酒，然后唱了更好听的歌曲。这其中的许多曲调，我曾经在一张西印度群岛的民歌专辑中听过。专辑中的歌词似乎没有这样的效果，而且主题也不是特别连贯。然而，魔鬼爵士的版本却大不相同。显然，他的这些歌才是原版，但是歌词的内容实在是太下流了，当他们在河上大声歌唱时，我对那位民歌收集者的智慧赞叹不已，他成功地更改和删减了歌词，使它们得以发行。

夜幕降临后，魔鬼爵士和船员们依然在尽情地歌唱。这时，青蛙合唱团开始表演，好像在给他们伴奏。那位船员被派去购买更多的深红葡萄酒。后来，我们了解到"莫斯基塔娶了白蛉的女儿"时发生了什么，还有蒂尼·麦克图克的父亲在酒馆的所作所为（显然都是虚构的）。那首水手号子这样开头："迈克尔·麦克图克不仅是一位河流探险家，还是一位伟大的丛林长官。"

深红葡萄酒虽然越来越少，但是现在好像不再需要这些助兴的酒水了。此时，魔鬼爵士和格兰德·斯玛什正在合唱。

马德尔，我已经厌倦了你，哈哈，

因为，你不是那么真诚，哈哈，

每当我走在海滩上，

我都会听说你爱上了某个北方佬。

我们站起来表明我们必须得回去了。

"晚安，先生。"魔鬼爵士友善地说道。

我们跟跟跄跄地走下踏板，伴着魔鬼爵士的歌声回到小屋。

在"巴林·格朗号"上记录水手号子

第二天早晨，码头空空荡荡的。天刚蒙蒙亮时，"巴林·格朗号"满载着苦油楝、巨豆檀和紫心木驶向乔治敦。定居点好像空无一人，锯木厂异常地安静，潮湿闷热的环境让人难以忍受。我们爬上那座被称为埃弗拉德山的小山丘，随身带了捕动物的网，遇到动物时兴许它们可以派上用场。然而，灼热的阳光根本没给它们这个机会。巨大的切叶蚁巢平铺在山丘的一侧，整个斜坡都被纳入蚁穴的轨道网，但是我们没有见到一只蚂蚁。我们的注意力偶尔会被草丛中的窸窣声所吸引，有一次，我们瞥见一只蜥蜴的尾巴。几只蝴蝶在我们面前无精打采地飞舞着。除了这些及蟋蟀的叫声外，这里没有一点动物生活的迹象。如果我们要被长期困在埃弗拉德山，那么很明显，我们必须在离锯木厂很远的森林里跋涉才能找到一些动物。

傍晚时分，远处传来一阵发动机的轰鸣声，打破了这里幽怨的宁静。一想到驶来的可能是一艘大型汽艇，我们立马飞奔到码头，看看它是否有可能把我们带到上游的阿拉卡卡。轰鸣声越来越大，直到河湾处出现一条快速行驶的小独木舟。它以一条宽阔而华丽的弧线完美地绕过河湾，溅起一道壮观的弓形浪花。小船进入笔直的河道后，立马关闭发动机，稳稳地滑入码头的停泊处。两个机敏的东印度男孩从船里爬出来，他们头戴着白色无檐帽，身穿着汗衫和短裤。

我们向他们做了自我介绍。

"我是阿里，"其中一人回应道，"他是拉尔。"

"我们想去阿拉卡卡，"杰克说，"你们能载我们一程吗？"

阿里是两个人中的发言人，他絮絮叨叨地和我们说，他们是打算去上游伐木，但到不了阿拉卡卡那么远的地方，另外额外的负载不仅会减慢他们的速度，也会增加他们遇到危险的概率。如果没有这些问题的话，他们也没有足够的燃料把船驶到阿拉卡卡，即使有也无法保证他们能顺利返回。显然，我们的希望落空了。

"但是，"阿里犹豫地说道，"倘若你们能支付足够多的美元，或许我们可以带你去。"

杰克摇了摇头，说这艘船不仅小，而且没有遮挡物品的地方，要是碰到雨天，我们无法保全我们的设备，它们一定会被雨水打湿，现在他要好好考虑一下，我们是不是真的非要去阿拉卡卡不可。

阿里和拉尔对此很感兴趣，在这场精心策划的讨价还价游戏里，我们坐在码头的木屑上，尽情地享受着其中的每一步。后来，尽管阿里知道会在这笔交易中损失一大笔钱，但是他还是同意第二天一早载我们去阿拉卡卡，为此，我们需要支付他二十美元。

夜里突然下了一场大暴雨。雨珠敲击着小屋的屋顶，沿着茅草中的漏洞如瀑布般倾泻在地板上。查尔斯立马从吊床上跳起来，检查并确保所有的设备都在干燥的地方。屋外暴风雨肆虐，查尔斯被折腾得无法入眠，他索性给每件设备都裹了一层塑料罩，以防第二天我们在毫无遮蔽的独木舟上再次遭遇这样的倾盆大雨。

第二天一早，我们发现昨夜的暴雨把阿里的独木舟打翻了，看来我们无论如何也走不了了。如今，小船正躺在河床上，而它的发动机也被泡在4英尺深的水里。

不过，阿里和拉尔却一点也不烦恼，已经开始了打捞工作。他们艰难地把小船从河底拖到岸上。然后拉尔开始倾倒船舱里的水，阿里则努力钩住发动机，把它拽上岸，河水从发动机四周的缝隙里倾泻而出。

"一切正常，"他说，"我们很快就能让它发动起来。"

他们面无表情地拆开发动机。对机械知识相当熟悉的查尔斯目瞪口呆地看着这一切。"你们难道没有意识到，"他说，"那个线圈已经被完全打湿了吗？如果发动机不完全干燥的话，它是无法启动的。"

"一切正常，"阿里无动于衷地重复了一遍，"我们要把它们放在火里烧一烧。"他取下仍在滴水的线圈，把它抬到火堆上，放在一块弯曲的发光金属碟上。接着他拔掉发动机的插头，把其他的机械零部件聚集到一起，放到汽油中浸湿，随后一把火点燃它们。发动机其余的每个可拆卸零件都被拧了下来，现在正放在拉尔的汗衫上晾晒。整个过程对查尔斯来说既恐怖又极具诱惑力，他一直坐在旁边观看着，偶然提供一些力所能及的帮助，显然，这在查尔斯的认知里是一个全新的机械修理方法。

不到两个小时，发动机组装完毕。阿里猛地拉动启动线，让我们惊讶的是，发动机发出了刺耳的轰鸣声。阿里关上发动机。"我们准备好了。"他说。

起初我们对独木舟尺寸的怀疑，现在看来完全是合理的，当我们把所有的设备搬到船上，再爬上去以后，独木舟没有留出一点空地。任何一点小动作，都有让河水灌入小船的风险。因此，那一天的旅行一直特别拥挤，非常不舒服，没过几小时，僵硬的姿势就让我们痛苦不堪。不论如何，我们还是非常开心，因为我们终于踏上了前往阿拉卡卡的旅程。

尽管我们一直在航行，但是看到的动物比在马扎鲁尼盆地要多得多。在这里太阳闪蝶非常常见，我们还两次看见蛇从船边的河里游过；但我们只能稍微歪着头去看蛇，生怕掀翻独木舟。我们偶尔能在岸边森林中的小块空地上，见到三三两两的半裸的非洲人或者东印度人，他们在小船经过时注视着我们。他们脚下的河里漂浮着一些在森林里砍伐的原木，它们被绑在一起，扎成筏子，最后会漂向下游的锯木厂。阿里和拉尔大声地朝外打着招呼，我们在嘈杂声中缓慢地驶过他们。忽然，一艘破旧的快艇从我们旁边急速掠过，激起的尾流让独木舟不停地上下颠簸，我们花了好几分钟时间，焦虑地努力保持平衡，防止小独木舟沉没在水里。

傍晚，我们抵达一个小村庄。它看上去既舒适又繁荣。岸边茂密的草丛里种着几垄木薯和菠萝，坚固的茅屋周围长着几棵瘦高的椰树。岸边的美洲印第安人站成一排注视着我们。他们身后站着两个高高的非洲人，让他们显得相形见绌。

我们把船拴好后跳上岸；经过五个小时的长途跋涉，我们终于等到这个可以随意伸展筋骨的机会。

阿里开始卸下船上的货物。

"这儿是科里亚博村，"他说，"沿着河往上游再行驶五小时，就能抵达阿拉卡卡。不过我们不能再送你们了，如果继续行驶，这船应该没有那么多燃料，而且这个村子里的男人有汽艇。他会送你们去阿拉卡卡。还有——给我二十美元。"突如其来的告知，让我们措手不及。"不行，"杰克说，"你们只带我们走了一半的路，你们只能得到十美元。"

阿里笑了笑。"谢谢，我们现在要去砍树。"他和拉尔弯腰把小船推离河岸。没有载荷的小船在河里急速前行，显得异常轻盈，不一会儿就消失在河湾处。

两个高个子的非洲人向我们走来。

"我叫布林斯利·麦克劳德，"他说，"我有一艘汽艇，可以载你们去阿拉卡卡，只要十美元。不过今早它去埃弗拉德山补给燃料——你们或许碰到过它——但是它明天就能回来，一回来我就带你们去。"我们高兴地接受了他的提议，随后去了一座安排给我们的茅屋。只要一想到明天能坐上宽敞的大船，也就是下午迅速驶过我们的动力十足的那艘，我心里就十分满足。

第二天早晨，就在我们即将吃完早餐的时候，另一个非洲人来了。他明显比麦克劳德年长，饱经风霜的脸上满是深深的皱纹，眼睛不仅布满血丝，而且微微泛黄，看上去有些狂野。

"布林斯利没和你们说实话，"他幽幽地说道，"那艘船今天回不来，明天也是，后天还是。那些男人要留在埃弗拉德山喝朗姆酒。你们为什么想去阿拉卡卡？"

我们说想去那里收集动物。

"伙计们，"他阴郁地说道，"你们完全没必要为了那些东西去阿拉卡卡。我在丛林里有一块用来挖金子的地。那儿有森蚺、鳄鱼、蜥蜴、毒蛇、大食蚁兽，还有让人麻木的鱼。它们不仅没有任何好处，还伤害我，你们可以随便捕捉。它们真是一群害虫。"

"让人麻木的鱼？"杰克焦急地询问，"你是说电鳗吗？"

"是的，很多，"他激动地说，"有小的，有大的，甚至有一些比独木舟还要大。它们真不是什么好东西，还有很大的破坏力；即使坐在船上，它们也会把你电翻，除非你穿着长长的胶鞋。有一次它们电了我，把我掀翻在地，我头晕目眩地躺在船上，三天后才爬起来。是的，那块土地上所有的东西都是我的，如果你们想看，我这就带你们去。"

我们匆忙地吃完早餐，和他一起登上独木舟。我们划船往上游去的路上，他讲了更多自己的故事。他叫西塔斯·金斯顿，大半辈子都在圭亚那的森林里寻找黄金和钻石。有时他也会发财，但是每次挣的钱很快就花完了，他又和以前一样穷困潦倒。前些年，他发现了一块采矿地，也就是即将带我们去看的那块。他说那里非常棒，可以让他在短短数年间变成一个大富翁，到那时，他就再也不用去丛林里工作了，还可以在舒适的海边定居。

独木舟从主河道拐进一条支流，很快就驶到一根陷在沼泽里的柱子旁。柱子顶端钉着一块长方形锡板，上面潦草地写了几个字"土地名称：地狱；所有人：C.金斯顿"，下面标注了许可证号和日期。

我们爬出独木舟，跟着西塔斯沿着一条窄路进入丛林。十分钟后，我们走出昏暗的森林，来到一片阳光明媚的空地。这儿的树木都被砍倒了，取而代之的是一个尚未搭建好的大型茅屋框架。

西塔斯转向我们，眼中闪着光芒。"这周围所有的土地，"他张开双臂画出一个圈，兴奋地说道，"下面都有黄金，都是那种天然成块的金子，你们只要找到一块，接下来的五年就不用做任何的工作了。不是吹牛！在地面以下 4 英尺的地方，你们就能看到红色的金泥，比鲜血还要红。这些都是真正的黄金，我要做的所有工作就是把它们挖出来。看，我来给你们演示。"

他握住一把随身携带的长柄铁锹，开始疯狂地挖掘地面。他嘴里不停地嘀咕着，使劲地将铁锹抡进地面。汗水从他疲惫的脸上滴下来，打湿了他的衬衣。最后，他干脆扔下铁锹，在刚刚挖开的洞底摸索着，然后抓起一把铁锈色的沙砾。

"这儿，你们快看，"他声嘶力竭地喊道，"比鲜血还要红。"他用食指戳了戳那些沙砾，继续自言自语，完全忽略了我们的存在。

"我虽然是一个老人，但是我有两个儿子，他们都是好孩子。他们是不会学贸易的。他们打算到这儿来和我一起淘金。我们要在茅屋周边种上木薯，还有菠萝，还有酸橙；我们要招来工人，然后一起把所有的地都挖开，把所有的金子都淘出来。"

他停止自言自语，把手上的沙砾扔回洞里，紧接着站起来。

"我想我们要返回科里亚博了。"他沮丧地说道，然后顺着小道往独木舟走去。他好像忘记了带我们来到这里的原因——给我们展示这里的动物；不知怎的，他被一股突然袭来的恐惧所困扰，虽然他脚底下踩的都是黄金，但是他毕生都得不到他梦想的巨额财富。

第七章

吸血蝙蝠和格蒂

第二天清晨，布林斯利带来了一条令人沮丧的消息——昨天夜里，他的快艇抛锚了。这会儿发动机的状态不是很好，他可能没办法载我们去阿拉卡卡。我们听闻后并没有十分失落。科里亚博实在是一个非常宜居的村庄，这儿的村民既善良淳朴又乐于助人，另外，我们在这周围的森林里，还观测到大量野生动物活动时留下的痕迹。

更令我们惊喜的是，这里的村民们还驯养了许多动物。一位被大伙儿亲切地称为"妈妈"的老奶奶，是村里的首席"宠物饲养员"。她的小屋简直就是一座小型动物园。这里不仅有沿着屋顶跳跃的亚马孙鹦哥，在屋檐下的柳条笼中飞舞歌唱的蓝唐纳雀，一对邋遢的、在篝火的灰烬里扭打的金刚鹦鹉雏鸟，还有一只神出鬼没、被拴在黑暗的小屋里的卷尾猴。

当我们坐在小屋的台阶上和"妈妈"聊着天时，面前的灌木丛里突然传出一阵突兀的哨声。只见两只像猪一样的庞然大物拱开草丛，踏着沉重的步伐，昂首阔步地朝这边走来。它们在离我们大约1码的地方停了下来，蹲坐在地上，用轻蔑的眼神上下打量着我们。乍一看，它们脸上长的似乎不是吻部，而是钝钝的鼻子，从侧面看几乎是一个长方形。这让它们看上去异常高傲，可是不合时宜的咯咯声多少破坏了这份尊贵。它们是世界上最大的啮齿动物——水豚。当我伸出手打算摸摸其中一只时，它猛地抬起头，狠狠地撞到我的手指。

"别怕，它不会伤害你。""妈妈"说，"这个小家伙只是想吮吸你的手指而已。"

我鼓起勇气，小心翼翼地伸出一根手指，慢慢地靠近这家伙的吻部。它发出如口哨般的咝咝声，张开嘴巴，露出亮黄色的门牙，把我的手指一下子嘬了进去。当它大声吮吸的时候，我甚至能感觉到指甲在它喉间两个突出的骨刺上来回摩擦。"妈妈"的英语表达能力虽然让人不敢恭维，但她还是边说边比画地让我们明白了这个家伙为什么这么喜欢吮吸东西。它俩刚被抓来的时候还非常小，所以"妈妈"只能用奶瓶喂它们。它们现在虽然已经长大了，但是没能改掉喜欢吮吸东西的毛病，送到它们面前的东西都逃脱不了被蹂躏一番的厄运。它俩的屁股上画着红色的宽线条，"妈妈"说这是她画的，为的是确保它们在森林里闲逛时不会被猎人猎杀。

我们表示想拍一段影像。"妈妈"点头表示同意，查尔斯随即调试好摄像机。实际上，水豚是一种水陆两栖动物，它们在野外大多数时间都待在水里，只有夜里才会浮出水面吃岸边的水草。正因如此，我们想拍摄它们在水里游泳的画面。我试图诱惑它们走到水里，可它们在河边哼哼唧唧的，死活不下水。引诱这一招行不通，我又尝试把它们赶到水里，我记得有一本自然手册说"水豚遇到危险的时候，会第一时间逃到水里"。然而，我们这两只水豚却与众不同，它们总躲到小屋阴暗的角落里。我在村子里一边拍掌一边大喊，来回追赶这两个家伙，弄得汗流浃背。"妈妈"坐在小屋的台阶上，一脸狐疑地看着我们。

"这不是个好主意。"我气喘吁吁地对查尔斯说，"这两个卑鄙的家伙显然是被驯化太久了，已经完全失去对游泳的兴趣。"

"妈妈"的脸上慢慢露出理解的神色。

"游泳？"她问道。

"是的，游泳。"我回应道。

"哈哈，游泳啊，"她面带着灿烂的笑容，喊道，"哎哎！"

两个赤身裸体的小孩在她的尖声召唤下，从屋底的灰尘中爬出来，走到她的跟前。

"去游泳吧！"她说。

孩子们蹦蹦跳跳地跑到河边。两只水豚低着头瞥了我们一眼，然后转过身悠闲地跟在他们后面。等水豚走到河边后，他们四个便一起跳到河里，在水中肆意地打闹，开心地尖叫。

"妈妈"则在一旁宠溺地看着他们。

她说："我把它们像孩子一样聚集起来。"她解释说，他们四个从婴儿时期开始就一直在一起洗澡，所以现在没有孩子，水豚就不会下水。

水豚在河里戏水

　　我们告诉"妈妈"，我们和她一样喜欢这些驯化的动物，希望可以带几只回到我们的国家。"妈妈"看着水豚。"对我来说，它们太大了，"她说，"你们真想带走它们？我还能捉到更多。"

　　面对这份馈赠，杰克异常兴奋，但是对他来说还有一件不确定的事情，那就是如何把这些庞然大物运回乔治敦。最后，我们和"妈妈"商定，我们会竭尽全力在阿拉卡卡制作一个笼子——如果能到达那里的话——等返回这里的时候再带走它们。

村里的人大多不愿和他们的宠物分开，这种心情我们非常理解。一个女人养了一只温顺的拉巴 *。这是一种极具魅力的小生物，腿和羚羊一样纤细。它和水豚都是啮齿动物，而且是豚鼠的近亲。小家伙深褐色的皮毛上点缀着奶油色的斑点，这时它正躺在主人的腿上，用明亮的黑眼睛注视着我们。女人说，三年前她的孩子不幸夭折，之后不久，她的丈夫在森林里打猎时发现一只雌性拉巴，还有一只小拉巴。他射杀了那只成年的拉巴，把它作为食物，然后将小拉巴带了回来。女人决定用自己的奶水喂养它。如今，这个小家伙已经长大。她和蔼地抚摸着它，言简意赅地说："这是我的孩子。"

————

晚上，远处传来的发动机轰鸣声着实吓了我们一跳。一艘大型汽艇在夜幕的笼罩下绕过河湾，停靠在村里的码头上。汽艇的东印度籍船长说他要送物资和邮件去矿区的公司，第二天一早出发赶往阿拉卡卡，问我们是否愿意一同前往，我们欣然接受：看起来我们终于要抵达目的地了。

* 根据作者在下文的描述，此处的拉巴应该是斑点无尾刺豚鼠（*Cuniculus paca*）。——译注

次日清晨，我们将所有的设备搬上汽艇。临行前，我们和"妈妈"说将在四天后返回这里，带走水豚；布林斯利也承诺届时一定修好小船，保证把我们送到下游的莫拉万纳。矿产公司的汽艇上堆满了货物，除了我们几个人之外，船上还有一个自称为格蒂的异常开心的非洲女人。尽管如此，船上给我们留的空间还是相当地宽敞，见识过小独木舟和布林斯利的小船后，这样的环境简直太豪华了。我们三个躺在船头，不知不觉地睡着了。

　　下午四点，我们抵达阿拉卡卡。越过河面望去，那里简直如同世外桃源一般，一排排小茅屋错落有致地坐落在高高的河岸上，屋后是一片茂密的竹林，竹叶随风摇摆，如羽毛般轻盈。然而当我们登陆后，刚才的美好瞬间消失得无影无踪。这儿三分之二的房屋都是那种带有朗姆酒馆的小商店，村民居住的破旧木屋便矗立在商店后面泥泞而肮脏的空地上。

　　五年前，阿拉卡卡还是一个欣欣向荣、有着数百人的社区。它周边的森林富含金矿，据说那段时间里，矿产公司的经理们常驾着卡车，带着他们的老婆在大街上兜风。如今，这里的金矿资源基本枯竭，街道上杂草丛生。大多数房屋已经坍塌腐烂，又重新被森林覆盖。萧条的镇子在热浪里朽坏，空气中都弥漫着一股衰败和退化的味道。在一座小屋旁，我们发现了一张严重风化的木桌，桌面几乎完全掩埋在藤蔓植物下。桌腿嵌在烂泥浆里，就连下面砖砌的平台都已经被藤蔓的根部挤裂。"以前这儿是医院。"有人告诉我们，"它就是太平间的工作台。"

尽管现在才是下午四点半，但是朗姆酒馆内早已坐满顾客，店里老式的留声机放着轻音乐。我们走进一家店，看到一位满身肌肉的高个子非洲男青年端着一大杯朗姆酒坐在沙发上。

"伙计，你们来这儿干吗啊？"他问。

我们说来这里找动物。

"很好，这里有很多，"他说，"不是我吹牛，我能轻易地逮住它们。"

"太棒了！"杰克回应道，"如果你能替我们捕捉到它们，我就付给你一笔数目可观的劳务费。不过，我们几个在这儿待不了几天，你有兴趣明天捉一些来吗？"

那个人当着杰克的面一本正经地摇了摇手指。

"哈哈，明天我什么也捉不到，"他严肃地说，"到明天我早就喝醉了。"

格蒂——那个和我们一起乘坐汽艇的乘客走进商店。

她倚靠在门柱上，紧紧地盯着中国店主的眼睛。

"老板，"她凄婉地说道，"我听汽艇上那些小伙子说，这里有很多吸血蝙蝠。可是，我的吊床没有蚊帐，我该怎么做呢？"

"女士，你大可不必为这些吸血蝙蝠烦恼。"那个端着搪瓷杯的非洲人说道。

"我现在非常肯定，"她坚决地回应道，"因为这些该死的蝙蝠，我的精神高度紧张。"

男青年悻悻地眨了眨眼。格蒂又将注意力转到了店主那儿。

"现在，你能给我些什么？"她露出矫揉造作的微笑。

"女士，我这儿可没有什么东西能给你；不过，我倒是可以卖给你一个两美元的灯笼。这东西可以确保那些吸血蝙蝠远离你。"

"真的吗，老板？"她用傲慢自大的口气说道，"但我必须要说，我的财务状况非常糟糕。"她莞尔一笑。"还是给我一根两分钱的蜡烛吧。"

当晚，我们在商店附近的一间破败的休息室安顿下来，杰克和查尔斯在蚊帐里很快便睡着了，而我却像格蒂一样变得越来越紧张，不幸地失眠了，这在过去的四天时间里从未发生过。格蒂警告说这里有很多吸血蝙蝠，为此我在吊床上挂了一盏煤油灯。我躺在床上，努力让自己睡着。十分钟之后，一只蝙蝠悄悄地从敞开的窗户飞进房间。它从我的吊床下面飞过，在屋内绕了一圈，飞进过道，不久之后又从我的吊床下经过，从窗户飞出去。它每隔两分钟以同样的线路进出一次，这种规律性的重复让我惴惴不安。

在抓住它之前，我不能确定它是不是一只吸血蝙蝠，但是在这样的情况下，一些动物学上的细微差别似乎已无关紧要。

它的鼻子上似乎没有那些有害蝙蝠所拥有的精致的叶状结构，然而吸血蝙蝠也没有。尽管没见过它们，但我确信它们一定装备了一对三角形的尖利门牙，用这对牙从受害者身上刮下一层薄薄的皮肤。然后，它们就趴在伤口上吮吸渗出的鲜血。这些可怕的家伙能在不打扰人睡觉的情况下大吃一餐，第二天早上，那条被鲜血浸湿的毛毯是它们来过的唯

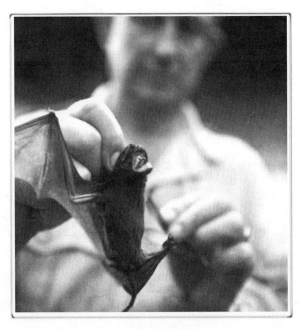

吸血蝙蝠

一证据。三个星期之后，这个人有可能罹患一种严重的疾病——麻痹型狂犬病。

我发现真不应该相信店主信誓旦旦的鬼话，他说在有亮光的地方吸血蝙蝠就不会吸血。当它以吸血蝙蝠最经典的造型——将翼膜沿着前肢折起来，用四肢在地板上碎步疾跑，活脱脱像一只肮脏腥臊的四足蜘蛛——突然出现在房屋的角落时，我内心的恐惧达到了顶点。我实在忍无可忍了，俯身从吊床下捡起一只靴子，狠狠地朝这个畜生砸去。它猛地飞出窗外，消失在夜幕中。

真是世事难料，二十分钟后，我又开始感激那只吸血蝙蝠。由于心里对它念念不忘，我没有睡着，从而得以录到这几周一直萦绕在脑海中的声音：南美洲森林里最恐怖的声音。

第一次听到这种声音，是在前往库奎的旅程中。那天晚上，我们把吊床挂在河边的森林里。星光透过树叶不停地闪烁，灌木和藤本植物的影子如鬼魅般隐约可见。正当我们打算睡觉的时候，森林里突然传来一阵阵呜呜的叫喊声，声音震耳欲聋，接着又像大风穿过电线发出的呼啸声一样，渐渐地消失。这可怕声响不是其他动物能发出的，只有吼猴才有这本事。

这几周我一直尝试着录下这些声音。在森林里的每一晚，我都会虔诚地将麦克风安装到弧形声音接收器上，然后给设备换上一卷新的磁带。尽管时间一宿一宿地流逝，但是我们一无所获。一天深夜，大伙儿极其疲惫地回到营地，我因为太累就没有安装设备。那天夜里我被猴子们尖锐的吼声吵醒，我立马跳下吊床，疯狂地组装设备。当一切准备就绪，我正要打开设备录音时，吼叫声却戛然而止。还有一次，在库奎，我觉得我成功了。那些猴子离得特别近，不仅发出的吼声音量特别大，而且记录仪也调试妥当。我兴奋地打开设备，一连几分钟都在记录那绝妙而又可怕的嚎叫。它们的表演随着最后两声短促、响亮的吠叫声而结束。我带着磁带凯旋，急急忙忙地把查尔斯从吊床上折腾起来，让他听我记录的声音。然而，整盘磁带都是空白的，原来是设备中的一个旋钮在白天的旅程中被弄坏了。

现在，我要感激吸血蝙蝠，它让我在猴子们刚开始合唱时保持着清醒。尽管它们在大约半英里外的地方，但是发出的声音非常大。我使出浑身解数把设备搬出休息室，然后迅速调好设备，小心翼翼地把弧形接收器对准声音传来的方向。有了前车之鉴，这次我没有立刻回去给查尔斯播放磁带。次日清晨，我们一起听了录音，这次录制的效果非常完美。

那天早晨，矿产公司经理驱车从营地赶到阿拉卡卡，他们的营地驻扎在 12 英里外的森林里。虽说早已收到电报，但看到我们时他还是非常地惊讶。由于他的小卡车上堆满了汽艇运来的货物，他抱歉地说今天不能带我们去营地。他建议我们第二天和他一起出发，并承诺再派一辆卡车来接我们。

我们利用剩下的时间在周围森林里搜寻了一番。杰克非常希望能找到一些马陆和蝎子，他遇到一棵像棕榈一样的矮树，便用手撕去包裹在树干上的干枯的棕色叶子。在他撕的时候，树上突然发出一声响亮的咝咝声，一只和小狗差不多大、全身覆盖金棕色皮毛的生物，舒展着身体趴在树干的上端。它一见到我们，便毫不犹豫地朝着地面方向爬去。当我们走近时，它正在地面上笨拙地爬行着，不过没跑几步，杰克就抓住了它肥壮的、几乎裸露的尾巴，把它提溜起来。它倒悬在半空中，珠子般的小眼睛恶狠狠地瞪着我们，弯曲的长吻不时地发出咝咝声，并不停地流着口水。杰克非常兴奋，他靠着纯粹的运气捉住了一只小食蚁兽，也叫树食蚁兽。

我们把它作为战利品带回休息室，杰克一回来就开始为它制作笼舍，而它则被我们放到了房屋旁边的一棵大树上。这个小家伙用前肢抱住树干，轻而易举地爬到了高处。爬到距地面大约 20 英尺的地方，小家伙停下来，转过身凶狠地瞪了我们一眼。然而没过多久，它就被几英尺外的硕大的球形蚁巢所吸引，似乎是忘记了刚刚的愤怒，径直爬向蚁巢，用

小食蚁兽也叫树食蚁兽，它正坐在蚁巢上

它那灵活的尾巴盘绕着树枝，倒悬在树干上，然后用强有力的前爪撕裂蚁巢。蚂蚁如棕色潮水般从又深又长的裂口处鱼贯而出，全部聚集在小食蚁兽周围；它却没有一丝害怕，直接将管状的吻部伸入蚁巢之中，用黑色的长舌头舔食蚂蚁。五分钟之后，它一边大快朵颐，一边开始用后腿抓挠自个儿。随后，它的一只前爪也加入了搔痒的队伍中。后来，它觉得食物带来的满足感，已经弥补不了因取食而付出的代价——被蚂蚁叮咬，于是它选择优雅地撤退。浓密而又坚硬的毛发显然无法完全抵挡住蚂蚁，所以小食蚁兽每退一步，就不得不停下来用爪子搔一搔痒。

我和查尔斯一直观察着，并拍摄了整个过程，这时我们突然意识到，爬到树上去捕捉这只小食蚁兽，将是一件多么让人抓狂的事情。愤怒的蚂蚁成群结队地在树枝上爬来爬去，如果小食蚁兽都觉得被它们叮咬是一件很痛苦的事，毫无疑问，我们的感觉只会更强烈。幸运的是，小食蚁兽为我们解决了这个难题，因为它自个儿爬了下来，这会儿正坐在地面上，用它的后腿抓挠着右耳呢。不停叮咬的蚂蚁让它一刻也不能清闲，以至于无暇顾及杰克，最后乖乖被拎起来关进笼子里。它安静地蹲坐在角落里，继续清理左耳朵里的蚂蚁。

夜里，我们拿着手电筒去森林里继续搜寻。黑黢黢的森林如同一个可怕而神秘的空间，充满着各种看不见的热

小食蚁兽

闹。各处的声音不尽相同；河边带有金属质感的蛙鸣声此起彼伏，走进森林深处时，昆虫的唧唧和嗡嗡声一跃成为主角。我们很快便适应了这种不间断的"合唱"，不过倒木突然发出的巨响或不明来源的尖叫声的回响，还是会让我的心提到嗓子眼。

在漆黑的森林里，我们能发现许多在白天看不到的动物。它们的眼睛如同反射器一般，看向我们时会反射手电筒的光亮，我们就能看见两个闪烁的小光点。通过眼睛的尺寸、颜色及两眼的间距，我们能大概猜测出那是什么动物。

我们把手电筒照向河面时，发现四双亮闪闪的、如同红通通的炭火一般的眼睛。那是凯门鳄的眼睛，它们几乎把身体全部潜伏在水里，只在水面上留一双眼睛。我们还在一棵树的高处发现一只被脚步声惊醒的猴子，它转过身盯着我们。它眨了眨眼睛，里面反射的光瞬间消失，然后在一声撞击声后完全消失——原来它转身从树枝间逃走了。

我们尽可能安静地向前行进，逐渐走进一片茂密的竹林，竹子在30英尺外的黑暗中摇曳着，不时地发出咯吱声。杰克将手电筒照向竹林底部那些缠绕在一起的带刺的根部。

"这儿真适合蛇生活。"他兴奋地说道，"你绕到竹林的另外一边，看看能否惊动一些动物，让它们朝我这边跑过来。"

我用手里的砍刀拨开竹子，在黑暗中谨慎地选了一条路，打算走过去。就在这时，手电筒发出的光亮照到地面上的一个小洞。

"杰克，这里有一个小洞。"我轻声地呼唤。

"我就说这里有嘛，那里面有什么东西吗？"他略显拘谨地回应道。

我小心翼翼地跪下来，朝洞里看了看。洞里有三只亮闪闪的小眼睛盯着我。

"当然有东西，但是，这家伙竟然有三只眼。"我回应道。

杰克三步并作两步，迅速来到我身旁，我们一起趴在地上朝洞里张望。借助两支手电筒发出的光亮，我们发现洞底蹲着一只满身黑毛的蜘蛛，大小和我的手掌差不多。我刚刚看到的眼睛，仅仅是它八只眼睛中的三只，在它丑陋的头顶闪闪发光。更令人生畏的是，它抬起两条前肢，露出尖尖的、闪着虹彩的蓝色腕趾，让我们清楚地看到它巨大而弯曲的毒牙。

　　"太漂亮了，千万不要让它跳出来了。"杰克一边喃喃自语，一边把自己的手电筒放在地上，然后从上衣口袋里拿出一只装可可粉的锡罐。我捡起一根小树枝，轻轻地把它拨弄到洞底的一边。这个家伙用它的前肢敲击小树枝，并猛地扑到上面。

　　"小心，别弄断它身上的刚毛，不然它就活不了多久了。"杰克说。

　　他把罐子递给我。"你把它放到洞口，我看看能不能说服这家伙自己走出来。"他把刀小心地插在地上，不停地震动小洞后面的土。不堪忍受的蜘蛛爬到洞口，然而面对新的危险，它又往后倒退几步。杰克继续在泥土里转动小刀。小洞的底部彻底坍塌了，蜘蛛迅速掉头，径直跑入锡罐，我立马盖上盖子。

　　杰克满意地笑了笑，小心翼翼地把罐子放回口袋。

接下来的一天将是我们在阿拉卡卡的最后一天，这是因为我们的船预计在三天内离开巴里马河口的莫拉万纳，而赶到那里需要两天的时间。按照计划，矿产公司的吉普车应该中午到达，然后带着我们去 12 英里外的营地参观。等待的过程中，我们兴奋地猜测着到那里以后能见到哪些动物。然而，吉普车并没有准时到达，下午晚些时候，经理才开车过来，他一脸歉意地向我们解释说，卡车出了故障，刚刚才修好，现在太晚了，不能去参观营地了。我们问他，如果我们到那里去，能得到什么动物。

"这个嘛，"他说，"我们以前有一只树懒，不过它死了；还有一只猴子，只是最近让它逃走了。不过，我相信我们一定能在附近找到一些游荡的鹦鹉。"

听到这些，我们心里可谓是五味杂陈。从大老远跑过来，才收获这么几只动物，真是不值得；虽然没能在最后一刻赶到营地，但起码我们没有错过什么奇观，这一点又让我们略感欣慰。

矿产公司经理说完便驱车离开了阿拉卡卡。现在，新的问题又出现了：我们需要立马找到一艘开往下游的船。我们挨个拜访了所有的朗姆酒馆。虽然很多人都有配备舷外发动机的独木舟，但是大家似乎都有很好的理由拒载：不是发动机出故障，就是独木舟太小，或者是没有燃料，而那个唯一真正了解发动机的男人现在还不在阿拉卡卡。最后我们终于找到了一个名叫雅各布的东印度人，当时他正郁闷地坐在一家朗姆酒馆里。他的长相实在是太显眼了，想让大家不关注到他都难。他的耳朵上有一簇黑色的毛，这让他看上去像一只忧郁的小精灵。雅各布承认他有一艘船，但是他不能载我们。然而他并没有像其他人那样找到合适的理由，而且我们的态度又相当坚决。朗姆酒馆里烟雾缭绕，我们在留声机发出的刺耳声音中激烈地争论着，不停地讨价还价。大约晚上十点半，雅各布的坚持最终被击溃，他非常失落地答应第二天一早送我们去科里亚博。

早上六点，我们起来收拾行李，计划七点准时出发，但是到处都找不到雅各布。直到上午九点，他才面色凝重地来到休息室，宣称小船和发动机都已经准备妥当，但就是找不到汽油。

无所事事的格蒂站在一旁，饶有兴致地看着我们对话。她略带同情地看着大家，然后发出一声沉重的叹息。

"伙计，这么拖拖拉拉难道不可怕吗？真烦人。"她说。

临近中午发动机才装满燃料，我们总算可以出发前往下游的科里亚博了。小食蚁兽蜷缩在笼子里睡着了，在它身旁放着的半个蚁巢，是它旅途中的点心。杰克在阿拉卡卡为水豚准备的大木箱子被放在船头，两边各伸出去2英尺。

我们幸运地赶上了涨潮，小船在湍急的河水中急速行进。可是，雅各布小船上的舷外发动机总是反复无常，不能受到任何形式的干扰。如果一小块漂浮的木头阻塞了水冷系统的入口，或者我们要求船以全速行驶，它都会闹脾气罢工。一旦出现一点小差错，就要耗费相当长的时间才能让它再次运行。雅各布解决这种问题的办法简单粗暴，那就是用最大的力气尽可能快地拉启动绳，直到发动机转起来。他觉得发动机内部的工作是神圣不可侵犯的，决不能加以干涉，他这样的信念后来被验证是非常正确的。不过，有一次不得不重新启动发动机的时候，他差不多花了一个半小时在那里拉启动绳。当发动机再一次启动后，雅各布怒不可遏地咬紧牙齿，没有表露出一丝胜利的喜悦，随即坐在船舵上，回到了一如既往的忧郁状态。

我们终于在傍晚时分抵达科里亚博，雅各布把小船停在布林斯利·麦克劳德的汽艇旁。除非迫不得已，他并不想关闭发动机，所以我们要尽可能迅速地卸下行李。不到十分钟船就清空了，然而在发动机没有熄火的情况下，取得这样的成就并没有让雅各布开心，他最终还是一脸沮丧地踏上返回阿拉卡卡的路。

当得知布林斯利的汽艇可以正常运转时，我们总算松了一口气。虽然他现在只身一人去大坝后的采矿地淘金，但是我们得到保证，第二天上午十点之前他一定会回来。

在科里亚博引诱水豚进入木箱

出乎意料的是，他真的准时赶了回来。我们用熟透的菠萝和木薯面包把水豚引诱进木箱，然后把箱子搬到甲板上，开启在巴里马河上的最后一天航程。这是一段相当长的旅程，我们要在曾经到访过的每一处定居点停留，看看有没有人捕获了我们当时想要的动物。还真有村民这么做了，所以当我们抵达埃弗拉德山的时候，甲板上不仅有小食蚁兽，还有水豚、蛇、三只金刚鹦鹉、五只鹦鹉、两只长尾鹦鹉和一只卷尾猴，这其中最珍贵的当数一对红嘴巨嘴鸟。收购这些动物的谈判耽搁了太长的时间，以至于汽艇距离莫拉万纳还有 10 英里的时候，天就已经黑透了。我们直到凌晨一点才抵达停靠在莫拉万纳码头的"斯斯塔彭号"。我和查尔斯、杰克爬上舷梯，小心翼翼地穿过甲板上熟睡的人群，来到大副的房间。他穿着一件颜色鲜明的条纹睡衣走了出来，当他发现有任务要执行时，便把大檐帽戴在头上。我们跟着他来到早先预订的两间客房，随后把动物们塞进其中的一间，直到凌晨两点半，我们三人才拖着疲惫的身体爬到另一间房。

当我再次睁开眼的时候，已经是第二天中午；此时的我们正在大海上航行，乔治敦就在远方的地平线上。

第八章

金先生和美人鱼

在乔治敦，蒂姆·维纳尔打造的"车库动物园"给我们带来许多意想不到的惊喜。我们在巴里马探险期间，全国各地的朋友们送来各种各样的动物。我们曾经搭乘过的水陆两用飞机近期到访过卡马朗河，飞行员送来几只那里盛产的长尾鹦鹉，还有西格尔夫妇托他捎来的一只温顺的红冠啄木鸟。蒂尼·麦克特克寄来一只草原狐，以及一只装满各种蛇的袋子。蒂姆并不满足于全职照料这些从各地收集来的动物，闲暇时他也会"怂恿"当地人捕获一些他们能找到的动物，车库里饲养的一些动物就是在植物园里捉的。植物园的园丁捕到一对獴，我们曾见过这个小家庭在草地上窜来窜去。尽管它们不是南美洲的本土动物，但是蒂姆还是很高兴能捕获它们。很多年以前，獴被蔗农从印度引进南美洲，蔗农希望借此控制老鼠的数量，从而使甘蔗免遭破坏；自打那时起，獴的数量开始急剧增长，如今它们已经成为沿海城市里最常见的动物之一。植物园里还有一大群负鼠，这是一种和袋鼠一样在育儿袋里哺育下一代的动物。我曾非常期盼能碰到负鼠，因为这是仅有的能在澳大拉西亚以外见到的几种有袋类动物之一，但是现在我非常地失望。蒂姆饲养的这两只负鼠就像大老鼠一样，长着几乎赤裸的尖鼻子、又长又锋利的牙齿，还有一条令人厌恶的鳞状尾巴。它们是所有收集到的动物中最丑的，这一点毋庸置疑。蒂姆笑嘻嘻地说，一见到它俩，他就毫不犹豫地给它们取名为大卫和查尔斯。

这些新来的动物中，最引人瞩目的非佩尔西莫属。佩尔西是一只既爱发脾气又爱哭闹的树豪猪，和树豪猪家族的其他成员一样，它也是个十足的暴脾气。如果有人想尝试着去摸摸它，它一定会皱起小脸，将全身的棘刺抖得咯咯作响，嘴里发出咝咝的声音，甚至还会愤怒地跺脚，不用说，它肯定非常乐意用长长的门牙去咬那些试图靠近它的人。树豪猪非常善于攀缘，爬树的时候，它会用竖起来的尾巴抓住树干

树豪猪佩尔西

协助攀爬。许多树栖动物用于辅助攀爬的设备非常相似，如猴子、穿山甲、负鼠和小食蚁兽等都有一条向下弯曲的尾巴。然而佩尔西的尾巴却与众不同，它是向上弯曲的，这与一些生活在巴布亚的老鼠倒有几分相似。

尽管大家送来许多新的物种，我们又从巴里马河流域带回来一些，但是收集名录中两个最重要的动物名字仍然空缺，我们至今还未寻得圭亚那最具吸引力的两种动物。首先是一种名叫麝雉的鸟。科学家们之所以对它如此着迷，主要是因为它们的翅膀上长有一对脚爪，这种现象在所有现生的鸟类中仅此一例。虽然这对爪子对成年的麝雉来说毫无用途，一般深藏在翅膀的羽毛里，但是对羽翼未丰的雏鸟来说，它们却是不可或缺的；雏鸟会把带爪子的翅膀作为第二双腿，协助它在鸟巢周围的树枝里攀爬。化石证据表明，鸟类是由爬行动物进化而来。麝雉前臂上长有爪子，是唯一一种保留这种特征的现生鸟类，而且全世界只有在南美洲这一带的海岸线上可以寻找到它们的身影。

另一种让我们非常期待的动物是海牛，它是像海豹一样的大型哺乳动物，一生都在溪流里悠闲地吃草。作为哺乳动物，海牛会浮出水面，把独生子女抱在鳍肢里给它喂奶。最早在南美洲海岸线附近航行的水手描述了海牛哺育幼崽的情形，据说美人鱼的传说便由此而来。

我们获悉麝雉和海牛在坎赫河流域非常多，而且那里距离乔治敦的海岸线仅有数英里之遥。我们还有一周的时间可以用来碰碰运气，所以，从巴里马回来的第三天，我们便再次踏上征程，坐上前往新阿姆斯特丹的火车，那是一个坐落于坎赫河口的小镇。

圭亚那直到19世纪初才成为大英帝国的殖民地。此前的几百年里，它一直处于荷兰的统治之下。当我们乘坐火车沿着海岸行进时，这里曾经被荷兰殖民过的迹象随处可见。沿线的火车站以它们服务的制糖厂来命名，如贝特瓦维格廷、维尔达德、昂弗尔维格特。在我们左侧遥远的海堤上有许多大型制糖厂，那是荷兰政府为了把盐碱地变成肥沃的土地而兴建的。在宽度足有1英里的伯比斯河口的边缘，新阿姆斯特丹在热浪中饱受煎熬，那里矗立着风格迥异的建筑群，混杂着现代的混凝土建筑、木制平房，以及几幢优雅的白色房子——荷兰殖民时期的建筑风格被它们展现得淋漓尽致。

最有可能帮我们找到海牛和麝雉的人是渔民，所以我们一到新阿姆斯特丹便直奔港口。那里的渔民多是非洲人和东印度人，闲暇时他们不是坐在地上修补渔网，就是在码头的小木船上闲聊。我们询问有没有人能捉到"水妈妈"，这是当地人对海牛的称呼。尽管没有人认为自己有这样的本领，但是大家一致认为一个叫"金先生"的非洲人可以做到。

从渔民们的描述来看，金先生是一个多面手。他虽然只是渔夫，但是他力气极大，可以胜任新阿姆斯特丹各种各样的工作，拿打桩来说，这里几乎没有人能比得过他。据说，他平时的娱乐活动是和牛比赛摔跤。不仅如此，他还是一个非常老练的猎人，比所有人都要了解这一区域的野生动物的情况。如果新阿姆斯特丹只有一个人能捕到海牛，那一定非金先生莫属。我们立马启程去拜访他。

我们最终在鱼市找到了他，当时他正和一个鱼贩在那里讨价还价。金先生果然名不虚传。他长得非常结实，穿着亮红色衬衫、黑色条纹裤子，如同拖把一样的杂乱的头发上戴了一顶小小的卷边软呢帽。我们问他能否帮忙捉一头海牛。"这个嘛，伙计，"他一边抚弄着浓密的连鬓胡子，一边说，"虽然这里有很多水妈妈，但是想捉到它们并没有那样简单，水妈妈可是最狂躁的动物。它们进入渔网后便会陷入极度的恐慌，不停地四处乱窜，这些家伙实在是太强壮了，即便再结实的网也会被冲破。"

"那你要怎么做呢？"杰克问道。

"只需要做一件事。"金先生阴沉地说，"一旦水妈妈进入网里，你就轻轻抖动网上的绳子，让绳子产生的振动通过水流传递到它的身体上。如果操作得当，水妈妈会很喜欢那种感觉，然后乖乖地躺在那里一动不动，最后嘛……哈哈哈！"金先生发出一阵狂喜而又意味深长的声音，脸上绽放出天使般的笑容。"据我所知，这里只有一个人可以做到，而那个人——就是我。"他补充道。

金先生如此专业的陈述深深地折服大家，我们当场决定雇用他。在此之前，我们已经租好了次日要乘坐的汽艇。金先生承诺届时会带上两个助手及一张特制的渔网，明天一早开始猎捕行动。

我们租借的汽艇上除了一位非洲籍船长之外，还有一位东印度籍工程师。没过多久，我们就发现，他们对金先生没有丝毫我们预想中的崇敬之情。在坎赫河上行进大约半小时后，一只栖息在高处树枝上的鬣蜥引起了大家的注意。

"金先生，快往那儿看，"名叫兰格的工程师说道，"捉住它怎么样？"

金先生傲慢地表示，捕捉鬣蜥时汽艇一定要停下来。待船停稳后，他撑起壮硕的身子跳入一艘小艇，让一位助手把芦苇拨开，行驶到树下。那只鬣蜥大约 4 英尺长，身上绿色的鳞片在阳光的照射下闪闪发光，它此时正一动不动地趴在距离水面有 15 英尺的纤细的树枝上。金先生将一根竹子砍断，并在它的顶端系了一个活扣，然后举起长竿在鬣蜥的头顶挥来挥去。

"金先生，你这是在做什么啊？你是认为它会顺着竿子爬到你的手上吗？"那位名叫弗雷泽的船长一本正经地嘲讽道。

鬣蜥还是一动不动，从下面往上看更为明显。

"嘿，金先生，"兰格也跟着讽刺道，"你是不是为了落个好名声，昨晚自己在树上绑了一只鬣蜥啊？"

然而，金先生并没有回应这些无礼的嘲讽，只是命令他的助手爬上大树，将活扣套在鬣蜥的脖子上。鬣蜥见状慵懒地爬上更高的树枝。

"我猜想那个小淘气会选择跳下来。"弗雷泽说。

金先生敦促他的助手爬得更高一些。十分钟后，在微风中摇曳的鬣蜥似乎默许了套索在它面前晃来晃去。有一次，当绳子靠近它的鼻子时，它还温顺地舔了舔。尽管金先生一直鼓励鬣蜥把头钻进套索里，但它就是不肯。最后，可能是因为树上的助手离得太近，鬣蜥的耐心被消磨殆尽，只见它冷漠地转向绳索的另一边，优雅地从空中跳进水里，只在芦苇深处留下一个混浊的漩涡。

"我刚才就觉得这家伙有逃跑的倾向。"弗雷泽向全世界宣告。

金先生气呼呼地返回汽艇。

"这东西多得是，"金先生说，"我们一定能逮到很多。"

一排排笔直而巨大的溪边芋如同天然的屏障，沿着河岸排列。尽管它们的茎和我的手臂差不多粗，但是只要用刀轻轻一挥就能把它们割断，这是因为其内部海绵状的细胞结构一点也不结实。溪边芋那笔直的茎光秃秃的，只在距离水面15英尺以上的地方萌发出少量如箭头般的叶片；除此以外，其顶端密布形状及大小和菠萝非常相似的绿色果子。溪边芋的叶片是麝雉最喜爱的食物，所以经过芋丛时，我们一直用望远镜搜寻着它们的身影。

正午时分，太阳炙烤着大地，甲板上的金属配件烫到无法碰触。河面上没有一丝风，溪边芋的叶子纹丝不动地悬挂在热浪中，闪闪发光。这一刻万籁俱寂。

下午一点左右，我们见到这次行程中的第一只麝雉。一阵从溪边芋中发出的低沉叫声吸引了杰克的注意力。弗雷泽立即停下船，我们通过杰克的双筒望远镜，发现溪边芋的阴影中有一只大口喘息的鸟儿。当汽艇靠得越来越近时，又出现了一只，紧接着是第三只。很快，我们便意识到芋丛里都是乘凉的鸟儿。

我们直到下午四点才清楚地看到它们的真实面貌。这时太阳几乎已经落山，空气也不再像中午那样闷热。当汽艇绕过一道河湾后，六只正在芦苇叶中觅食的麝雉突然出现在我们面前。它们和鸡差不多大，羽毛呈栗色，身子壮硕，脖子纤长，头顶长着一簇又长又尖的冠羽，光亮的红眼睛周围裸露着一圈蓝色的皮肤。当觉察到有人靠近时，它们立马停止觅食，警觉地盯着我们，尾巴上下摆动着，并发出刺耳的叫声。经过权衡，它们最终还是决定离开，扑棱着沉重的翅膀消失在芋丛的深处。令人遗憾的是，查尔斯没能拍下它们的身影。

巢中的麝雉

尽管看到如此罕见的鸟儿，已经令人足够兴奋，但是麝雉雏鸟独一无二的攀爬行为仍让我们念念不忘。当汽艇沿着河水缓慢向上游行驶时，杰克拿着望远镜一刻不停地搜寻着可能隐藏在芦苇丛中的鸟巢。临近傍晚，我们在一簇生长在溪边芋旁的荆棘上，找到一个用小树枝搭建的距离水面7英尺左右的简易鸟巢。我们激动地跳进小艇，朝着荆棘丛全速前进。鸟巢里蹲坐着两只裸露的小鸟，只见它们将头越过巢穴边缘，死死地盯着我们。当小艇靠得越来越近的时候，害怕取代了好奇，瘦骨嶙峋的小家伙们离开巢穴，用腿和带爪子的翅膀疯狂地乱抓，蹒跚地爬上鸟巢外的荆棘树。这简直太神奇了，根本不像是鸟类能做出来的行为。就在小鸟紧紧抓住我们头顶摇晃的树枝时，我站了起来，朝小鸟温柔地伸出手。完美地展示完攀爬能力之后，它们又展示了一个只有雏鸟才能完成的特技。这两个小家伙竟然猛地将自己弹射到半空中，干净利索地从9英尺高的地方跳进水中，河面溅起一大片水花。在我们的注视下，它们在水面下奋力地游着，没过多久便消失在杂乱的荆棘丛深处。

尽管它们跑得太快，没给我们留下一点拍摄的机会，但是在旅程的第一天就能轻易地发现麝雉的雏鸟，让我们确信在这片区域应该还有很多雏鸟。我们接下来的搜寻工作变得更为细致，陆续地发现一些带鸟卵的鸟巢，其中一个非常适合拍摄。我们驾着小艇缓慢靠近，雌鸟见状拖着沉重的身子飞离巢穴，旋即又飞了回来，用脚趾抓住一根纤细的树枝，慢慢地挪到窝里。它坐下来的时候并没有像其他鸟类那样在蛋上扭来扭去，而是以一种看似随意，但实际上很不舒服的姿势蹲坐在上面。

在接下来的几天时间里，我们数次来到这里，希望可以看到孵出来的小鸟，然而直到返回乔治敦的那一天，这些蛋仍没有一点破壳的迹象。除了第一天我们见到的两只雏鸟外，再也没出现过任何一只雏鸟。

第一天傍晚时分，我们一行人抵达了金先生认为最适合捕获海牛的地方，这是坎赫河的一段带有支流的水域。据他推测，潮水将在半个小时后到达，届时海水会沿着支流的河道汹涌地汇入坎赫河，慵懒的海牛也会跟着潮水来到这里，享受丰盛美味的水草。现在，只要在河口处支一张大网，就可以轻易地捕到海牛。他在河道两岸楔了几根大木桩，以此撑开特制的渔网。一切准备就绪后，他随手摘下黑色的卷边软呢帽，然后懒洋洋地躺在小艇上，一边抽烟，一边等待时机展示神奇的"绳索抖动捕猎法"。

两个小时后，他放弃了。"不行，不行，"他说，"今晚的潮汐不够强，水位也没怎么上升。我知道一个更好的地方，今天夜里可以去那里捉它们。"

我们把网收回船里，把小艇系在汽艇后面，然后沿着河流继续往上游行进。天完全黑下来的时候，我们将船停靠在一座甘蔗种植园自带的码头上，刚靠岸就闻到一股从河面飘来的令人作呕的甜味。兰格从船上的厨房里端出一盘热气腾腾的米饭和虾。晚餐后，金先生以一种殉道者的口气让我们赶快去睡觉，他将在午夜独自一人去捉海牛，让我们第二天一早就能看到它。我们非常想观摩捕捉的全过程，问他能否在行动开始前叫醒我们。

"伙计，我凌晨两三点开始行动，你们不会愿意跟我一起的。"他说道。

我们一再保证时间不是问题，他最后终于勉强同意把我们叫醒。

坎赫河流域是我们迄今为止见到的昆虫密度最大的地方。这里除了有白蛉、库蠓、蚊子之外，还有一种新的动物——大黄蜂。昆虫们从舱门的缝隙中挤进来，围着灯打转，如一片黑黢黢的乌云。那些没有找到入口的虫子则成片地聚集在舷窗上，玻璃上像是覆盖了一层不透明的污垢。查尔斯负责管理药箱，为了今晚的行动，他还特意翻出一大罐驱虫药膏。我们挂起蚊帐，爬上床铺，准备睡觉。

凌晨两点，杰克叫醒大家。我们小心翼翼地穿上长袖衬衫，把裤腿塞进长袜里，为了避免蚊虫叮咬，还往手和脸上涂了大量的药膏。我们爬到船尾，想确认一下金先生是否整装完毕，谁知他还躺在吊床上，张着嘴呼呼大睡。

杰克轻轻地晃了晃他。金先生睁开眼睛。

"伙计，你到底在做什么？现在是午夜，我正在睡觉。"他愠怒地说。

"不是说要逮水妈妈吗？"

"你们看不见吗？天这么黑，没有一点月光，我没办法在这样的环境里捉水妈妈。"他说完便闭上眼睛。

既然已经起来且穿戴整齐，不管金先生是否愿意同行，我们都决定去猎捕一些动物。我们把手电筒照向漆黑的水面时，好几对亮闪闪的光点反射回来，很显然，这片水域里有很多凯门鳄。我们解开套在汽艇后面的绳索，爬上小艇，顺流而下。我和查尔斯坐在船尾划桨，尽量不发出一点声音，杰克举着手电筒蹲坐在船头。我们轻轻地把船划向岸边的溪边芋。此时，除了远处的几声蛙鸣及蚊子偶尔发出的嗡嗡声，周围没有任何声响。杰克缓缓地将手电筒照向水面，来回挥动。突然，他停止挥动，将手电光固定在一片溪边芋上，然后示意我们不要再划桨。

我们轻轻地把船桨收回来，让小艇慢慢地靠近溪边芋。我们可以在手电光里辨认出凯门鳄那布满鳞片的反射着光的头部，此时一条凯门鳄正面对着我们，漂浮在水面上。杰克把手电筒照向鳄鱼的眼睛，然后小心翼翼地趴下来。当他完全趴下来的时候，他的脚不小心碰到船底的一捆锡罐，发出一阵轻微的碰撞声，凯门鳄迅速钻入水里，水面只留下一个水涡。杰克坐了下来，转向我们。

"我刚才就觉得，"他说，"这个家伙有逃跑的倾向。"

我们继续出发，不到五分钟，杰克又发现一条凯门鳄。我们缓缓地逼近它，然而当小艇距离它不到10码的时候，杰克却突然关闭了手电筒。

"我们忽略了一点，"他说道，"从两眼的距离来看，这条凯门鳄至少有7英尺长，我可不想冒这个险去徒手捉它。"

没过多久，我们又发现了一条。我们又一次静静地滑过如镜子般的黑色水面，注意力完全被杰克的手电筒投射出去的光圈，以及光圈中央两束警觉的红光所吸引。

"过来，抱住我的脚。"杰克小声说道。

查尔斯从船尾小心地挪到船头，牢牢地抓住他的脚踝。我们缓缓地靠近那条让人着迷的凯门鳄，杰克再一次将身子探出去，悬在小艇的一侧。凯门鳄离得越来越近，我从船尾望过去，它的眼睛被船头挡住，消失在我的视野中。突然，水花四溅，杰克发出一声胜利的欢呼："我抓到了！"他把手电筒放到船舱里，半个身子还悬在船外，双手死死地抓着那条凯门鳄。

"看在上帝的分儿上，坚持住，伙计！"他对查尔斯大吼道，此时查尔斯正俯身坐在他的脚踝上，艰难地将他固定住。

河面溅起一阵阵巨大的水花，经过数个回合的较量，最终还是杰克技高一筹。他满脸笑容地返回了船舱，只见他的手里紧紧地握着一条长约 4 英尺的凯门鳄。杰克用右手卡住它的后脖颈，把它长而多鳞的尾巴夹在自己的腋下。凯门鳄发出凶狠的咝咝声，张开可怕的双颌，露出一口粗糙而坚韧的黄牙。

"我把你的工具包带来了，我觉得它可能会派上用场。"杰克匆匆向我解释着，"你能把它拿给我吗？"在这千钧一发之际，根本没有讨价还价的余地，我只能把包张开递给他，杰克小心翼翼地将凯门鳄塞了进去，然后立马捆紧包上的绳索。

"真好，不管怎么样，有东西可以向金先生炫耀一番了。"杰克说。

为了寻找海牛，我们和金先生的团队在坎赫河上又搜寻了三天。这几天，我们是白天布网夜晚也布网，雨天布网晴天也布网，涨潮布网退潮也布网，反正那张网一刻也没闲着。尽管做了充分的准备，制订了各种不同的方案，但是至今仍然看不到一丝胜利的曙光。由于没有更多的物资补给，我们最终不得不郁闷地返回新阿姆斯特丹。

"伙计，我想可能是咱们的运气不好。"收到酬劳后，金先生说了一句饱含哲理的话。

正当我们沿着码头往回走时，一个东印度渔民匆忙地朝我们跑来。

"是你们在找水妈妈吗？"他询问道，"我三天前捕到一只。"

"它现在是什么情况？"我们兴奋地问道。

"我把它放在城外的一个小池塘里，如果你们想要，我能轻松地抓住它。"

"我们非常想要，现在就去把它抓住。"杰克说。

东印度人原路跑回去，没过多久就用手推车运来了一张特制的渔网，还请来三个帮手。

我们一行人穿过拥堵的街道时，时不时地就能听到有人在那儿喊"水妈妈"。我们走到城镇外围，来到湖边的草甸时，身后尾随着一大群喧嚣的观众。

这座湖尽管宽阔而浑浊，但好在不是很深。大家坐在湖岸上，静静地盯着湖面，仔细地寻找着海牛栖身的位置。突然，一个人说有一片荷叶很奇怪，总是不停地动。那片荷叶折了起来，消失在水下，过了几秒钟，一只棕色的鼻子从那里浮出水面，巨大的圆形鼻孔中喷出一股气，随即便消失在水里。

"它在那里，它在那里。"人群立马沸腾起来。

渔夫纳里安召集起他的帮手们，他们一起跳进湖里。他让大家拿着网，在水中站成一条直线，横穿海牛出现的小湾。他们缓缓向岸边走去，湖水没过了他们的胸部。当他们抵达岸边后，海牛再一次浮出水面。纳里安大声指挥着渔网两端的人，让他们抓紧时间爬上岸，原本还是一条直线的渔网如今成为一条弧线。海牛被突然出现的渔网弄得措手不及，翻身钻出水面，巨大的棕褐色侧翼一览无余。

人群中随即爆发出一阵惊讶的欢呼声。"它好大啊！伙计，它太大了！"

湖岸上的帮手们显得非常激动，拼命地往岸上拽渔网，围观的群众也自发地加入拉网的队伍。湖水里的纳里安见状，朝兴奋的人群怒吼。

"停下来，不要拉。"他大喊道，"不要这么快地拉网。"

没有人采纳他这个微不足道的建议。

"这张网值一百美元，"纳里安尖叫道，"你们再不停下来，它就要裂了。"

然而，再次看到海牛侧翼的人群，早已陷入越快把它拖上岸越好的痴狂中。他们继续拉扯着大网，直到把海牛困在靠近湖岸水域。这头海牛身形硕大，还没等我们查看更多的细节，它突然拱起身体，猛烈地摆动巨大的尾巴，溅了大家一身泥水。渔网破了，海牛顺势溜走。纳里安怒不可遏，他朝着岸边大声地咆哮，愤怒地要求站在附近的人群赔偿他的渔网。随后，大家进行了热烈的讨论，有人说，既然这条美人鱼如此热情，就应该去请金先生过来，他可以在网住它的时候抖动网上的绳索来安抚它；但这并不是一个合适的建议。大家仍在喋喋不休地争论着，除了杰克之外，没有一个人关心海牛在哪里，他沿着湖岸来回踱步，根据水里泛起的水花寻找着海牛的踪迹。

最后，争论终于消停。杰克告诉纳里安最后看到海牛的地方。

纳里安拿着一根长长的绳索走过去，嘴里大声地抱怨着。

"这些愚蠢的人，"他轻蔑地说道，"他们弄破我价值一百美元的网。这一次我一定用绳索捆住它的尾巴，让它插翅难逃。"

纳里安再一次跳到湖里，在水里来回地搜寻，用脚去感知海牛的位置。他发现它正懒洋洋地躺在水底。他弯下腰，将身子探入水中，直到下巴碰到水面。他在水中摸索了几分钟。随后，他眉开眼笑地直起腰，正要说话，但紧紧攥在他手里的绳子把他拽倒了。他奋力站起来，吐出浑浊的水，开心地向大家挥舞着手里所剩的一截绳子。

"我终于捆住它了。"他大喊道。

刚刚还特别温顺地让绳子系住尾巴的海牛，好像突然意识到危险，立马直立起来，不停地拍打着水，试图挣脱束缚。此时的纳里安早已准备就绪，驾轻就熟地引导着海牛游向湖岸。那几位内疚的帮手再一次用网围住海牛，纳里安手持绳索，艰难地爬到岸上。岸上的人往上拉，纳里安往上抬，先是"美人鱼"的尾巴，随后是整条"美人鱼"被慢慢地拖上岸。

　　岸上的它并没有惊人的美貌，它的脑袋像一截笨重的树桩，丰满肥厚的上嘴唇上稀疏地点缀着小胡子，豆大的眼睛

纳里安和海牛

深深地嵌在肥嘟嘟的脸颊上，如果不是稍微有些化脓，你根本觉察不到它们在哪儿。除了硕大的鼻孔外，它的脸上没有什么让人印象深刻的特点。从鼻子到巨大的竹片状尾巴，它足足有 7 英尺长。海牛胸前有两个船桨形状的鳍肢，但是后面却没有，海牛把那里的骨头藏在哪儿一直是个谜。由于失去水的支撑，它那巨大的身躯像一袋湿沙子一样瘫在地上。

这个家伙似乎对我们试探性的戳刺毫不在意，就连我们把它翻过来时，它也没有发出一声抗议。它纹丝不动地躺在地上，鳍肢向外张开，我开始担心它是不是在捕获的过程中受了伤，赶忙咨询身旁的纳里安，它是否安好。他大笑着说道："这家伙不会死的。"他朝着海牛身上泼了点水，在水的刺激下，它拱了拱身子，并用尾巴拍了拍地，随即又一动不动地躺在地上。

新阿姆斯特丹的政府把市政运水车租给我们，替我们解决了运送海牛的难题。为了方便运输，我们在它的尾巴和鳍肢上绑上绳子。纳里安和他的三个帮手把它从地上艰难地抬起来，穿过草甸，送到卡车上。

它的鳍肢无力低垂着，胡须下面微微地滴着口水，它看上去非常地舒服，但是一点也不诱人。查尔斯说："如果再有船员把它误认成美人鱼，我想他一定是在海上待得太久了。"

第九章
返程

我们这次的探险活动结束了。杰克和蒂姆会乘船把这些动物带回伦敦，我和查尔斯不得不立马乘飞机回伦敦赶制纪录片。就在我们即将离开时，杰克交给我们一个尺寸巨大的方形包裹。"在这里面，"他说，"有好几只非常漂亮的蜘蛛、蝎子，还有一两条蛇。它们都被装在罐子里，而且只留了一些很小的通气孔，虽然说逃跑是不可能的，但是你们必须把它们带进机舱，这样它们才不会被冻死。你们还能带上这只年轻的南浣熊吗？"他补充道，然后递给我一只欢快的、毛茸茸的小家伙，它长着一双棕色的大眼睛、一条带有环纹的大尾巴，还有一个好奇的尖鼻子。"它还没有断奶，所以你们在返程的路上，需要每隔三四个小时给它喂一些装在这只瓶子里的奶。"

　　我和查尔斯随身带着那个大包裹和装着南浣熊的小旅行匣，登上飞机。这个小家伙引起了大家极大的兴趣。飞机飞过加勒比群岛时，一位女士走过来抚摸它，并询问这是一种什么动物，我们是如何带着它登机的。我们不得不给她解释，然后告诉她我们正在进行一场收集动物的探险。她将目光投向了我脚边的盒子。

　　"我猜，"她面带着微笑说道，"这里面肯定装满了蛇，还有一些令人毛骨悚然的爬虫吧。"

　　"事实上，"我用一种阴沉的语调说道，"就是那样。"这个荒谬的回答逗得大家哈哈大笑。

在第一段旅程中，南浣熊的表现非常好，但是当我们开始向北往欧洲飞的时候，它拒绝喝奶。由于担心它会受凉，我就把它塞进了我的衬衫里，可是它却把长长的鼻子放到我的胳膊下面，呼呼大睡起来。飞抵里斯本的时候，我尝试说服它喝点奶，在苏黎世又尝试了一次，虽然我们加热了牛奶，甚至用茶托装着捣碎的香蕉和奶油诱惑它，但是它依旧拒绝进食。凌晨一点，我们抵达阿姆斯特丹。飞往伦敦的航班将在六点起飞。我和查尔斯在休息大厅里找了长皮椅安顿下来。这个小家伙已经有整整三十六小时没有进食，我们越来越担心它的身体状况。我们努力在脑海里搜寻着南浣熊最喜欢的食物，但是唯一能记住的只有一些博物方面的书，那里面将它们描述为一种"杂食动物"。

查尔斯突然迸发灵感。"为什么不尝试一下蠕虫呢？"他说，"它可能会被这些好看又不停蠕动的虫子所吸引。"我很赞成他的想法，可是我俩都不清楚，在凌晨四点的阿姆斯特丹，到哪里能捉到这样的虫子。我们突然想到，荷兰人素来以他们的花为荣，机场周围摆满了精致的花坛，现在那儿的花正竞相开放。我把这个小家伙丢给查尔斯，径直走到机场广场。借助探照灯的强光，我蹑手蹑脚地踏入了花坛。机场工作人员在不远处盯着我，但是当我用手指挖花坛中松软的泥土时，他们长舒一口气，任由我在那儿折腾。不到五分钟，我就挖到了一打不停蠕动的粉红色蠕虫。我带着战利品耀武扬威地回去了，更让我们感到欣慰的是，小南浣熊吃得非常开心。当它吃完的时候，它还舔了舔嘴唇，简单明了地表示还要加餐。我们又往郁金香花坛跑了四次，直到它满足为止。六小时之后，我们把这只精力充沛、不停踢打的小家伙交给了伦敦动物园。

与此同时，杰克和蒂姆在乔治敦仍有大量的工作要做，

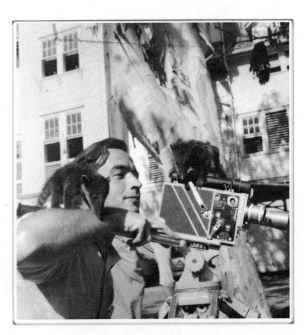

南浣熊宝宝

以便让即将远航的动物做好回家的准备。杰克的身体状况在探险的最后几周每况愈下，如同一片乌云，一直笼罩着团队。慢慢地，他的病越来越明显，他显然染上了一种极其严重的麻痹性疾病。几天后，在乔治敦为他治疗的医生建议他立马飞回伦敦，让那里的专家为他治疗。伦敦动物园的飞禽主管约翰·耶兰临时顶替杰克的位置，协助蒂姆·维纳尔将收集到的动物通过海运带回伦敦。

这是一项费力而又复杂的工作：为了确保海牛能有一趟舒适的旅程，他们在轮船的一片甲板上搭建了一个特制的帆布游泳池；为了满足这些动物非同一般的胃口，他们在船上准备了大量的食物，这其中就包括 3 000 磅 * 莴苣、100 磅包心菜、400 磅香蕉、100 磅青草，还有 48 个菠萝；为了让这些收集到的动物在十九天的旅程中不仅能吃好喝好，还要保持身体干净，蒂姆和约翰需要每天从早到晚不间断地工作。

数周以后，我才在伦敦动物园见到这些动物。我看到海牛慵懒地在水晶般洁净的池子里游来游去，这个水池是动物园专门为它在水族馆里新建的。它如今被驯化得非常温顺，我俯下身把一片卷心菜叶子浸在水里，它就会游到边上，从我手里取走菜叶。我们在库奎收到的小鹦鹉如今已经羽翼丰

---

* 1 磅约等于 0.454 千克。——编注

满，几乎认不出来了，但是我坚信它一定还记得我。当我和它说话时，它还会像一个月之前我给它喂我嘴里咀嚼过的木薯面包那样，不停地上下晃动它的小脑袋。那群蜂鸟看上去棒极了，它们在温室里的热带植物间不停地飞舞盘旋，这是为它们特制的温室。我看到那只树豪猪佩尔西蜷缩在一根树枝的权上睡着了，脸上仍然带着它那特有的闷闷不乐的表情。

当我看到水豚时，它们正要被送到惠普斯奈德的一座大围场，那也是动物园的财产；它们交头接耳，小声地交流着，兴奋地吮吸着我的手指，就像它们在巴里马时那样。食蚁兽正茁壮地成长，它们的食物是生肉末和牛奶的混合物。此外，在昆虫之家，我惊喜地发现从阿拉卡卡捕获的蜘蛛在到达伦敦没几天后就繁殖了数百只小蜘蛛，现在它们正在迅速地成长。

寻找胡迪尼着实花费了我不少精力，这一路上它带给我的麻烦要远远多于其他动物。后来，我找到它的时候，它正低着头咕噜咕噜地吃着一大盘饲料。我俯身靠在它围场的墙壁上，叫了它好几声。然而，它完全忽略了我的存在。